LA COMTESSE DES DIGUES

Crédits photographiques :
A.M.L. Bruxelles

Photographies :
Nicole Hellyn

Publié avec l'aide de la
Communauté française de Belgique

ISBN 2-8040-0428-7 (Labor)
ISBN 2-86869-351-2 (Actes Sud)

Illustration de couverture :
Théo Van Rysselberghe,
Voilier sur l'Escaut (détail), 1892
Collection Arthur G. Altschul, New York

MARIE GEVERS

LA COMTESSE DES DIGUES

roman

Préface de Jacques Sojcher
Lecture de Vincent Vancoppenolle

BABEL

PRÉFACE

LA FIANCÉE DE L'ESCAUT

C'est l'histoire du règne du fleuve, d'une terre imbibée d'eau, d'un pays noyé. C'est l'histoire des reflets du ciel et de l'eau, de la lune, du vent, des marées. L'histoire bien réelle d'un rêve éveillé. C'est le récit d'une tradition, d'un relais sacré, d'une communion: surveiller, réparer les digues de ce village flamand qui « émerge des boues d'alluvions agglutinées en pâturages et en oseraies », entre le vieil Escaut et l'Escaut.

Ce travail, cette dévotion au fleuve, aux champs et aux gens est accompli, depuis des générations, par un Dyckgraef, *un « comte des digues ». Au début du récit, le dernier « comte », qui n'a jamais trompé personne, meurt. Quand on est Suzanne Briat, fille du comte des digues et petite-fille du bourgmestre de tout le village, qui a étudié à Paris, quand on est zelle Suzanne, Zanne, Zanneke, malgré la tentation de partir, on reste, ici, avec les gens du* Weert, *pour s'occuper des* schorres, *des foins, des oseraies. Parce que le père a été l'initiateur de « son amour pour l'eau, les digues, les ciels mouvants, les prairies basses et les odorantes et murmurantes oseraies », parce que dans ce pays-là, dans cette prévenance entre ciel et rives, elle reste en réunion avec lui, parce que c'est le rythme de son corps et de tout son être, la forme même et les mouvements de son amour naissant — de sa potentialité d'amour.*

Une année passe, tout au long du livre, et nous suivons, complices fascinés mais jamais voyeurs, le glissement des saisons et la rupture des résistances (des digues) de Suzanne qui va aimer, physiquement et cosmiquement, de toute sa sensualité païenne le fleuve, la terre et un homme à l'unisson du vent, de l'eau, de l'osier.

En mai, ce sont les saules chevelus qui bleuissent et l'on dépouille l'osier, l'odeur amère du tanin qui s'échappe, les rangées de peupliers qui bruissent, les vaches qui tondent « ras les digues », l'herbe qui devient « drue comme feutre et empêche la terre de glisser ». En juin, les digues sont blessées par la grande marée de ce mois en délire et il faut réparer. Juillet et août, on navigue sur le fleuve, pénétré de l'odeur des foins. L'air dans la brume dorée de septembre est « inimaginablement doux et lumineux ». Novembre « passe du recueillement des brouillards à l'affolement des tempêtes, pour retomber dans une torpeur grise ». Quand la nuit d'hiver se pose sur l'Escaut, les oseraies prennent des « teintes de fumée » et la neige bleuit. Mars arrive, dur, froid, « si bondissant de vie, avec parfois, quelques heures d'infinie tendresse » et déjà mai revient.

Suzanne vit en symbiose profonde ce « changement perpétuel des saisons ». Elle dit oui à la neige, à la pluie, au vent, à la marée haute et à la marée basse, elle dit, inlassablement, naïvement émerveillée toujours, « que c'est beau ». Elle connaît les arbres par cœur *et leur métamorphose, les oiseaux d'été et les oiseaux d'hiver, le bétail, les lapins, les petits têtards « qui pullulent dans les mares ». Elle connaît les temps et les gens, les choses peut-être mieux que les êtres, la contemplation active et silencieuse plus que la conversation et le partage des émotions, des idées.*

Elle est pourtant proche de la « belle vie industrieuse de son pays» et elle joint, elle aussi, «son apport de forumi à cette prospérité calculée» mais elle reste solitaire, entre le fleuve et l'effervescence du peuple travailleur, elle n'a «personne *dans le cœur». Elle est la fiancée de l'Escaut, qui connaît les courants et les passes, qui peut traverser le fleuve par tous les temps, qui prévoit la hauteur du flot à marée haute, qui sait où l'eau reste pure et bleue, où trouver le muguet, la reine des prés, la scabieuse. Enivrée par l'odeur du fleuve, le vent, la marée, elle ressent «une sorte de griserie semblable à l'amour». Alors elle ne pense à rien, elle est un jeune corps «sous le vent d'azur». Elle déboutonne son jersey, détache sa blouse, se déchausse et dit «mon cœur est l'Escaut !», se moquant aussitôt d'elle-même, un peu honteuse de son lyrisme. Elle offre son âme à l'Escaut et jouit du fleuve, «d'être jeune, belle et seule, au grand soleil, à même le sol aimé». De même que son père et le pays, elle les aimait l'un par l'autre, de même elle trouvera l'amour dans le reliement du fleuve et d'un homme qui sentira comme elle le vent, les osiers, les marées.*

La comtesse des digues *est l'histoire de l'hésitation entre la solitude un peu altière de cette jeune «princesse» — ses fiançailles mystiques et sensuelles avec le fleuve — et son désir des lèvres chaudes d'un homme aimé, son besoin d'être prise et de se donner. Le récit aussi de l'hésitation entre deux hommes : Tryphon et Max Larix.*

Tryphon est grand, jeune et beau, il aime le fleuve. La force et la puissance impreignent chacun de ses gestes. Il est «comme le sol même des bords de l'Escaut». Il connaît l'osier et les alluvions, il pourrait très bien être un comte des digues. Mais tout le monde autour de Zanne — prégnance quotidienne de la bourgeoisie — réprouve ce projet. Le fossé social se creusera. D'ailleurs, avec ses «manières de princesse», Suzanne ne sait pas comment lui parler intimement. Pourtant elle prononce en secret son nom, elle est imbibée par lui comme le pays par l'eau et tout son être mire « la clarté du désir ». Mais il n'est pas de son monde, il fréquente les kermesses, plaisante grivoisement quand il la croit absente, s'habille comme un « monsieur du village » pour lui plaire. A la veille de son départ en Angleterre, il lui prendra un baiser qui ne finira pas de la troubler, qui lui fera sentir qu'elle ne se suffit plus à elle-même et que l'amour va déborder. Max Larix, la trentaine, étranger au village mais Flamand (parlant aussi français, comme Zanne), récent propriétaire d'un schorre, fils de vannier, reconverti à la fabrication de bicyclettes, amoureux de l'Escaut, des arbres, du vent, des osiers, avec sa figure maigre et sa voix douce et juste de baryton qui chante un tendre lied de Grieg, finalement l'emportera.

Ce roman de Marie Gevers, d'un autre temps, désuet, naïf et réaliste, où l'on avait le sens et l'amour des choses, du travail, du pays, des gens, avec des timidités et des passions irrésistibles, de la foi et du paganisme bourgeois nous étonne encore et nous ravit cinquante ans plus tard. Il n'a rien de régionaliste et n'est pas non plus naturaliste. Il nous offre un tableau extrêmement précis de l'univers des fermiers « lents et prudents », des vanniers « madrés et souples », des brasseurs « rouges et décidés », qui sont les membres du polder, des travailleurs de l'osier, du passeur d'eau, du sorcier-guérisseur, des vieux estaminets avec les orchestrions, les bières artisanales, les tartines, les pains d'épice et de corinthe, les mariages de paysans pour agrandir un lopin de champ ou une briqueterie, le repos dominical, la joie des promenades en bicyclette et en bateau.

La jeune comtesse des digues lutte tout au long du livre pour rester fidèle à ses gens et à « l'âme du pays comme du temps de son père », pour rester fidèle aussi à elle-

même, à son amour cosmique et singulier, à son histoire personnelle et de tous. Sa foi, même lorsqu'elle la porte à prier est pour l'Escaut et pour l'avenir de son alliance avec ce mystérieux ici*:*

« Je vous salue Marie, Notre Dame. Faites que je continue à aimer les choses d'ici: les matins et les soirs, le printemps et l'été, l'hiver et l'automne. Que je continue à préférer l'Escaut au cinéma, et les promenades sur les digues à l'auto. Faites que Max garde l'amour de l'eau, des arbres et de la musique, afin qu'en vieillissant je ne devienne pas tout à fait semblable à grand-mère ni Max à Verbeeck. »

Ici est alors plus proche du château féérique, perdu dans les brumes des étangs, à peine à côté des hautes digues et des boues d'alluvions. Là où tout le réel est poésie.

Jacques SOJCHER

LE VILLAGE

Dans nos plaines, l'Escaut est roi. Point de rochers qui l'enserrent, ni de collines qui le détournent; le fleuve régit le pays et va comme il veut. Au long des siècles, les riverains sont parvenus à lui prendre quelques terres basses qu'un réseau de digues protège, que des écluses drainent ou irriguent. De grands remparts de boue durcie contiennent les marées, et à chaque pleine lune, les bateaux passent plus haut que la cime des noyers et des pommiers.

Si la lune, le vent, la marée et la pluie se liguent pour pousser l'Escaut, tout se rompt. Les récoltes sont perdues, le bétail noyé et les gens, réfugiés sur les toits de tuiles ou de chaume, se sauvent à grand-peine.

Bientôt les digues sont réparées; les eaux se retirent, mais il reste, cachets posés sur une terre vassale, des étangs ronds, aux places où les eaux, en tourbillonnant, creusèrent des entonnoirs; ce sont les *Wielen* (roues). Les villages se sèchent comme des chats, au soleil du prochain été, les alluvions nourrissent l'osier dans les courbes du fleuve, et, sur les coudes, les terres hautes, lourdes d'argile, sont transformées en briques.

Le village du Weert émerge des boues d'alluvions agglutinées en pâturages et en oseraies, entre l'Escaut et le « Vieil Escaut ». D'un côté, se dressent de hautes digues, de l'autre côté, un bras mort du fleuve forme de vastes étangs, au delà desquels se massent les lourdes frondaisons d'un château de belle-au-bois. Draperie lointaine, lieu inaccessible défendu par dix gardes-chasse.

Un joli jour de mars, une jeune fille amarrait sa petite barque au passage d'eau de l'Escaut, lorsqu'un enfant arriva, courant et appelant:

— Moiselle Suzanne! monsieur Jules est malade!... Ne vous effrayez pas, mais il faut revenir!

Les genoux de Suzanne tremblèrent. La digue fleurie de millions de pâquerettes tournoyait autour d'elle, toute sa joie du bel Escaut printanier fondit en une onde brûlante qui envahit son visage hâlé:

— C'est Joke qui t'envoie?

— Oui..., murmura l'enfant.

— Ce n'est pas tout, Dolf; père est-il tombé?

— Oui, oui...

— Vite, vite, rentrons, balbutia-t-elle. Pourtant elle vérifia la chaîne qui retenait la barque, ferma soigneusement le cadenas et mit la clef dans sa courte veste de baie rouge.

— Vite, vite, répétait-elle en courant, est-il très mal?

L'enfant ne savait pas...

Le passeur d'eau, de loin, cria:

— Qu'y a-t-il, zelle Suzanne?

— Père, répondit-elle sans s'arrêter. Le passeur, se courbant, rentra dans la cuisine où sa femme pelait des pommes de terre, et dit, le doigt pointé dans la direction du village:

— M'sieur Jules! une attaque, sans doute.

— Jésus-Maria! s'exclama la bonne femme, la troisième c'est la fin! Pas un grand malheur, perclus comme il l'était, mais que fera mademoiselle Suzanne?

— Elle continuera. Elle fait toute la besogne depuis la première attaque..., quatre années!

— Je ne dis pas, mais...

On appelait le passeur, il sortit, laissant ouverte une porte basse sur le petit jardin. La femme l'entendit chausser des sabots, s'éloigner dans l'herbe trempée de la digue et saisir les rames. Le vent venait du village, une brise de printemps, délicate et parfumée. Quand le passeur revint, il s'arrêta au seuil de la porte, et se découvrit: un tintement léger s'entendait là-bas, au loin:

— L'extrême-onction, dit l'homme.

La femme se signa:

— Aujourd'hui, samedi... ça sera l'enterrement à mardi: il faudra y aller, Susse, et demander votre père pour la barque.

Susse remit sa casquette:

— Il est administré, mais il n'est pas encore mort, Finne. Cela peut traîner.

Elle secouait la tête. Eh! non, cela ne pouvait plus traîner, il était malade depuis si longtemps, tout perclus, et voûté, et, la troisième attaque, Susse, vous savez bien qu'on n'y survit pas.

— Je crois, répondit le passeur, qu'il n'était pas très vieux encore, un peu pingre, mais brave homme tout de même; puis il s'y connaissait. Nous n'aurons plus jamais un tel *Dyckgraef*[1] ! Les digues, les *schorres*[2], les écluses, les irrigations... Vous savez bien que l'inondation de 1906 a épargné les digues de sa juridiction. Seule zelle Suzanne en sait autant que lui!

— Mademoiselle Suzanne s'y connaît, dit Finne, mais ce n'est pas un homme. Les messieurs des digues consentiront-ils à nommer une femme? une Comtesse des digues! cela n'est jamais arrivé!

— Mademoiselle Suzanne s'y connaît encore mieux que monsieur Jules, s'entêtait Susse: la marée, le vent, le temps, les points faibles selon les courants... Ce n'est pas étonnant, il me semble encore la voir, gosse de quatre ans, dans un grand châle, poussant son petit nez curieux hors de la carriole, pendant les inspections. Monsieur

1. *Dyckgraef:* littéralement, comte des digues, c'est-à-dire directeur d'un important réseau de digues.

2. Prés submersibles.

Jules l'a toujours emmenée, depuis la mort de madame Jules. Pas même d'école! Zelle Suzanne m'a dit avoir appris à lire dans les registres des digues.

— Pas d'école, répéta Finne. La vieille bonne-maman était bien trop fière pour l'envoyer à l'école du village, et monsieur Jules n'a pas voulu la mettre en pension. A-t-elle seulement jamais pu bavarder un quart d'heure avec d'autres fillettes? Et pourquoi ne se marie-t-elle pas? Monne le brasseur voudrait bien; c'est une belle fille. Et des sous!

— Elle a des idées... Je crois qu'elle préférerait le grand Triphon à ce buveur de bière qu'est Monne.

— Le Triphon! ça n'est pas pour une demoiselle comme Suzanne!

Susse haussa les épaules. Il prit la cafetière sur le poêle et but une jatte.

La femme s'entêtait:

— Elle ne peut rester seule pourtant dans cette grande maison... Et quand les messieurs se réuniront-ils?

— Ils se sont réunis, il y a quelques jours. Cela peut durer un an jusqu'à la prochaine assemblée, avant que l'on nomme quelqu'un...

— Et si ce n'est pas elle. Qui alors?

Susse tirait sur sa pipe sans répondre, repris par son silence et sa placidité habituelle.

SUZANNE ET MONSIEUR JULES

Suzanne franchit la digue, dévala le sentier glissant et rencontra le chemin pavé du village. Elle en remarqua pour la première fois la longueur et les détours; il relie seul entre elles les maisonnettes, les petites fermes, les quelques demeures bourgeoises éparpillées; il évite des oseraies et il contourne deux « Wielen » avant d'aboutir à la petite église en briques rouges. Au dernier coude, la jeune fille aperçut sa demeure, et poussa un soupir de soulagement: les volets étaient ouverts, donc, son père vivait encore! Elle hâta sa course, ralentie un moment par l'angoisse. Dans les petites maisons, les vanniers, le boulanger, voyant courir ainsi la jeune fille, criaient vers l'ombre des cuisines:

— M'sieu Jules a une attaque!

Suzanne s'élança dans le corridor. Jo, la vieille servante, sortait de la cuisine, portant deux hauts chandeliers de cuivre:

— C'est pour les sacrements? cria-t-elle. Jo... Jo... est-il déjà...?

— Non, non, pas encore! Là, ne vous agitez pas, Suzanne, mais... ne le quittez plus. Je crois que c'est la fin. Triphon est près de lui pendant que je prépare tout pour le curé.

— Jo! comment est-ce arrivé? Parle-t-il encore? murmurait Suzanne, en se hâtant. Au tournant de l'escalier, elle eut la sensation d'être, elle aussi, au tournant de sa vie. Et elle éclata en pleurs.

— Doucement, Zanne, voyons, doucement, répétait la vieille; qu'il ne vous entende pas pleurer! Là, calmez-vous, prenez les chandeliers, allumez-les. Restez auprès de monsieur. Je descends, car le curé va venir. Il faut que j'ouvre les portes.

On entendait déjà la sonnette de l'enfant de chœur précédant le prêtre, muni de Celui qui ne doit trouver aucune porte close sur son chemin.

Suzanne maîtrisa ses larmes et pénétra dans la chambre du malade. Dans l'alcôve, le mourant avait un côté de la face à l'ombre, l'autre éclairé par le haut jour de mars. Suzanne contempla les yeux clos, le nez en bec d'aigle et la bouche édentée aux plis trop faibles et trop bons. Elle posa doucement un baiser au front où saillaient des veines bleues.

— Vous n'allez pas bien, père? dit-elle en français.

Le mourant ouvrit à demi les yeux et balbutia:

— Enfant... ne vous faites pas trop de peine... si c'est la fin. Petite enfant douce... Je... je vous laisse autant que mon père m'a laissé... pas plus... on m'a souvent trompé... mais je n'ai jamais trompé personne. Mère me reprochait... rien, rien ajouté. J'ai conservé seulement... jamais trompé...

Il murmura encore quelques paroles indistinctes puis retomba dans son immobilité. Le grand Triphon, debout près de l'alcôve, poussa un brusque sanglot. Il tremblait sur ses hautes jambes puissantes. Suzanne se pencha:

— Calmez-vous, père, tout ira bien! Jo, pendant mon absence, a jugé nécessaire d'appeler le curé... Si j'avais été ici, je l'en aurais bien empêchée, car votre état n'est pas si grave. Vous allez vous remettre tout doucement, comme l'autre fois.

— Plus grave... rien... laissez petite enfant..., bredouilla le malade. Puis il retomba dans son engourdissement.

Suzanne et Triphon, immobiles, entendirent bientôt le

pas du prêtre suivi de Jo. Tout était prêt: le petit autel garni d'une serviette fine, le crucifix, l'eau bénite et le buis. Le prêtre toucha la joue du mourant:

— M'entendez-vous?

M. Jules entr'ouvrait les yeux, mais ne parlait plus. Alors, le prêtre lui glissa à l'oreille les exhortations puériles et consolantes qui devaient bercer la pauvre âme agonisante, lui parlant de Notre-Dame, des anges et du paradis. La vieille Jo, droite et haute, ses cheveux gris ourlant un bonnet de tricot noir, son châle serré à la taille par les cordons d'un tablier de toile bleue, se tenait près du lit, et Suzanne, au fond de la chambre, là où le malade ne pouvait l'apercevoir, s'il eût encore ouvert les yeux, pleurait en silence. Jo avait assisté bien des agonisants. Elle secondait le prêtre, lui tendait ce qu'il fallait ou rabattait les couvertures pour les onctions. Enfin, le curé s'approcha de Suzanne:

— Allons, allons, mademoiselle, soyez courageuse, je reviendrai demain matin...

— Oh!... demain... monsieur le curé!

— Il faut toujours espérer. Bien souvent, le Sacrement améliore l'état des malades...

Suzanne reconduisit le prêtre. Elle savait se dominer, mais elle se sentait la tête brûlante et les mains glacées.

A la porte, elle rencontra le médecin, un petit homme pâle, souffrant de l'estomac, que Suzanne n'aimait pas.

— Une attaque, mademoiselle Suzanne?

Joke qui était là, rangeant les choses, pendant que le docteur examinait le malade, murmura:

— Zelle Zanne, ne vaudrait-il pas mieux le laisser s'éteindre tranquillement?

Suzanne fit signe que oui, puis:

— Fini, n'est-ce pas, docteur? dit-elle.

Celui-ci haussa lentement les épaules:

— On pourrait encore essayer des piqûres et prolonger...

— Non, dit-elle avec fermeté.

Il la regarda:

— N'oubliez pas, mademoiselle, que quand vous serez seule, je suis tout à votre disposition.

Suzanne prononça de vagues remerciements et, détournant la tête, demanda à Jo de reconduire le docteur.

Le cerveau vide de pensées, le cœur vide de sentiments, tout l'être de la jeune fille se suspendait à cette respiration saccadée, qui devenait de plus en plus superficielle. Elle sentait confusément que, bientôt, pensées et sentiments afflueraient en elle, comme l'eau par une digue rompue, et qu'alors elle souffrirait beaucoup. Elle n'entendit pas revenir Jo.

Cette respiration seule la fascinait. Le jour baissa, le soleil entrait maintenant de biais, jetant comme d'un coup de ciseau, un triangle d'or sur le plancher.

La respiration devenait de plus en plus indistincte; encore une... encore... Mon Dieu! est-ce la dernière, la dernière? Est-ce qu'il souffre? non. Comme il dort. Encore, encore, enc...

D'un geste qui sembla immense et si lent, si lent, Jo tira le drap sur le visage de M. Jules. Il n'y eut plus de respiration, la vieille femme avait vu, mais à quoi? que tout était fini. Suzanne n'avait encore jamais vu mourir. Elle sanglotait, à genoux près de son père. Joke se pencha vers elle, et tout bas, lui dit:

— Zanne, il faut me laisser faire sa toilette maintenant; vous ne pouvez pas assister à cela. Ce n'est pas décent. Allez à la cuisine. Prenez une tasse de café bien chaud, et envoyez-moi Triphon pour m'aider.

LA CUISINE

A la cuisine, Suzanne trouva le grand Triphon, Finne, la femme du passeur, venue aux nouvelles avec un poupon sur les bras, et le Knie, guérisseur et sorcier du village, accompagné de son fils idiot.

Tous, sauf l'idiot, tournèrent vers la jeune fille des regards interrogateurs, puis ils comprirent. Triphon se leva silencieusement et ferma les volets. La femme du passeur secouait la tête et répétait:

— La troisième, c'est toujours la fin.

Le guérisseur expliqua que s'il l'avait su plus tôt, il aurait pu le guérir... Mais voilà, Finne ne l'avait pas averti. Suzanne ne l'écoutait pas:

— Triphon, dit-elle, Jo demande si vous voulez bien monter pour *le* laver et *l*'arranger?

Mais le grand Triphon pâlit:

— Je ne pourrais..., je ne pourrais..., je l'aimais bien, vous savez, Zelle Suzanne, depuis le temps que je travaille avec lui. Et maintenant, ce que Joke demande... Je préférerais passer par le feu.

— Alors, j'irai moi-même.

La femme du passeur intervint:

— Non, Zelle Suzanne, pas vous. Moi. J'ai déjà fait cela. Prenez le petit.

Et elle lui mit dans les bras le poupon endormi. Suzanne s'assit et le berça machinalement. Triphon la regardait; il prit du café sur le feu et lui en offrit. Knie restait là, guettant la bière que lui servait le jeune homme.

L'idiot balbutia:

— Pé..., pé..., tendant la main.

— Oui, fiston, oui, répondit le rebouteux.

Suzanne se taisait, sous le coup d'une immense fatigue. Toute cette vie nouvelle, changée, qui allait fondre sur elle! Toute une vie sur les bras, aussi mystérieuse, aussi inconnue que celle du bébé qu'on venait de lui confier. Que tout était étrange autour d'elle! ces trois visages d'homme, la belle figure blonde et hâlée de Triphon, la face sale, pouilleuse et rusée du Knie, la tête bestiale de l'idiot. Et là-haut, dans la chambre, ces pas assourdis. Knie bavardait, Triphon ne répondait que par monosyllabes et comme absent. Les récits étranges, la mimique folle du guérisseur s'imprimaient dans la mémoire de la jeune fille comme les traces d'un merle dans la neige fraîche. Elle s'en souvint toujours; ils lui paraissaient interminables et affreux comme les pas, là-haut, dans la chambre du mort.

L'idiot suçait avec bruit son verre de bière.

— Je me demande, dit le Knie, si notre Gitteke se souviendra de la mort de notre Berga, sa mère, quand il verra tantôt la grande croix posée près de votre porte.

— A-t-il compris que sa mère était morte? demanda Triphon.

— Compris? oui... il a vu qu'elle ne répondait pas quand il l'appelait. Il regardait les cierges, le buis et les voisines qui priaient et surtout le crucifix contre le mur de la maison. Il l'a vu mettre au cercueil, il la suivie au cimetière, mais les chiens en font autant. Il est rentré avec moi à la maison. Chaque matin il appelait mè... mère, puis il retournait au cimetière. Un jour, on lui a joué un bien vilain tour: deux hommes du village (et des plus riches, je vous le dis, des plus riches) ont vu mon garçon sortant du cimetière. Ils l'ont appelé: «Eh! bien, Gitteke, vous allez visiter votre mère?» Il répond: «Oui..., oui...»; alors eux: «Pourquoi l'a-t-on plantée si loin de chez vous? Il vous faut marcher un bon bout avant d'être près d'elle. Courez prendre la bêche de votre père, ôtez la mère d'ici et plantez-la dans votre propre jardin.»

— Heureusement, une voisine les avait entendus. Elle m'a prévenu. J'ai dû cacher mes outils. Ce pauvre garçon les demandait sans cesse: «Pè, la bêche..., pé, la pioche!» Je répondais: «Perdues, perdues...» Un jour qu'il ne rentrait pas pour manger, je l'ai cherché, et j'ai fini par le retrouver sur la tombe de notre Berga. Il creusait la terre avec ses mains et un morceau de fer à cheval.

Triphon jura:

— Qui a dit cette chose stupide à ce garçon?

— Eh! le fils du café Sport et Monne le brasseur. Je m'en suis plaint au Bourgmestre, qui leur a donné une semonce. Le Bourgmestre sait bien, lui, la peine que j'ai prise pour élever Gitteke! Sept beaux enfants, j'en ai eu sept! et en naissant, tous mouraient de convulsions...

— Knie, taisez-vous donc un moment, dit Suzanne, excédée, je crois que...

Là-haut une des femmes ouvrait la porte et descendait. La jeune fille se leva. Le poupon qu'elle tenait se mit à pleurer. Elle hésita, puis le tendit à Triphon:

— Prenez, dit-elle, c'est prêt, en haut, je veux monter.

Triphon, debout, embarrassé de cet enfant dans ses grands bras, la regardait sortir. Le guérisseur ricana:

— Si c'était le vôtre hein? Ça vous irait bien? Une belle pièce, Zelle Suzanne, et des sous!

— Ferme ta g... vieux fou, répondit brutalement Triphon.

LE PASSÉ

La première impression de Suzanne, en rentrant dans la chambre mortuaire, fut que son père aurait froid sous ce mince drap blanc, et son premier instinct fut de poser un édredon sur ses pieds rigides. Elle lui évitait depuis quatre ans ce froid qui lui chassait le sang vers la tête... Puis elle se dit qu'il était glacé pour toujours et elle comprit que, pour elle-même, commençait une vie toute différente. Si elle devait à son père sa vie d'enfance et d'adolescence, la disparition de son père la plaçait dans une existence pleine de responsabilités et d'embûches.

— Ai-je bien fait les choses, Suzanneke? demanda la vieille Jo.

Le mort était revêtu d'une chemise de flanelle blanche, le visage lavé à l'eau de Cologne, les rares cheveux peignés, la bouche maintenue par une mentonnière.

— Demain, dit Jo, nous pourrons l'ôter quand il sera raidi.

Les mains, croisées, tenaient un chapelet. Un crucifix noir reposait sur la poitrine.

Suzanne s'assit machinalement à côté du lit.

«Mademoiselle Suzanne Briat, je suis mademoiselle Suzanne Briat, se disait-elle, et je vais annoncer la mort de monsieur Jules Briat, mon père, comte des digues. Là, sur ce lit, s'est éteint aussi mon grand-père. Grand-père, le Bourgmestre que tout le village nomme encore monsieur Briat «du temps de M. Briat»... Mais père, ce n'est que monsieur Jules. Et grand-mère! Morte aussi, dans l'autre chambre au midi. Et mon arrière-grand-père! Mort ici également, si vieux, lui qui était venu de si loin «avec Dumouriez, Zanne, le Dumouriez que représente la gravure du salon!» Puis tous les biens amassés: l'une des grands-mères apportant une ferme, l'autre de la terre à briques... Et pourquoi, grand-père a-t-il étudié à Paris? «Du temps que grand-père étudiait à Paris, il était l'élève de Taine; il était reçu dans les bonnes familles...» Que de choses tu me racontais ainsi, père, mais toi tu n'avais jamais quitté le Weert, grand-père t'enseignait tout dans ses vieux livres... Tu m'as appris à ton tour ce que tu savais. Et tous vous avez été *Dyckgraef*. Ah! nos bonnes promenades à deux, père! Et moi... oh moi, je ne veux pas mourir ici. Puisque te voilà parti, père, je partirai... mais où irai-je? à Brive? puisque l'arrière-grand-père en venait. Et pourquoi, père, regretter de ne m'avoir pas légué plus que ce que toi-même n'as hérité? j'ai assez. Les schorres et les oseraies que Triphon t'a conseillé de planter quand tu as vendu le fonds de brasserie de grand-mère et... oh! non, je ne veux pas songer à ma fortune en ce moment... qu'est-ce que cela me fait que tante ait eu la briqueterie pour sa part, et qu'elle s'y soit enrichie. «Ta tante Brique devient millionnaire...» grand-mère avait l'air vexé en me disant cela. Pourquoi grand-mère lui en voulait-elle? Pour ces millions?... et peut-être parce que grand-mère m'aimait plus que Louise et Maria. Pauvre père, si tranquille, si silencieux. Sais-tu père, qu'un jour grand-mère m'a dit: «Le bourgmestre était trop important. Il n'a pas laissé de place à Jules. Oh père! que tu étais supérieur à grand-mère... et comment donc était ma petite mère à moi? «La ferme de Govers te vient de ta mère Zanneke...» renseignement de grand-mère. Toi, père, tu ne m'en parlais jamais...» Ainsi rêvait Suzanne, et jamais encore elle n'avait autant réfléchi à elle-même et à ses parents.

Jo la tira de sa pensée douloureuse:

— Suzanne, avez-vous les clefs? Transportons les vêtements. La mite prend vite dans la chambre d'un mort; puis, où est le chat? Il faut l'enfermer, vous savez que les chats rongent le visage des morts... Il faut prévenir aussi à la briqueterie. On ne se voyait pas beaucoup, on était brouillé, mais c'est tout de même l'unique sœur de votre père. Et depuis que feu madame n'est plus là, madame Verschueren a eu le temps d'oublier que monsieur Jules était le préféré. D'ailleurs, elle a le beau morceau. La briqueterie vaut plus maintenant que la part de monsieur Jules.

— Envoyez-y Triphon, interrompit Suzanne d'un ton lassé.

— Avec vos compliments?, insista la vieille.

— Oui, avec mes compliments, et qu'il prévienne aussi le brasseur, le greffier, le juré et Verbeeck, à la vannerie.

LA TANTE

Tous avaient assisté aux funérailles et salué Suzanne. Les notables du village: le greffier et le juré qui aidaient monsieur Jules dans son travail de Dyckgraef; Verbeeck, le vannier du Buiteland qui lui achetait ses osiers; les fermiers, les fournisseurs et quelques cousins éloignés; l'oncle Verschueren avec tante Brique et les aînés des enfants: Louise, Maria et Robert. Et tous étaient partis. Seule Mme Verschueren, bonne âme, avait dit aux siens de retourner sans elle. Elle resterait près de Suzanne jusqu'au soir et tâcherait de la distraire.

— Eh bien! Suzanne, il faut vous marier maintenant?

Mme Verschueren trouvait sa nièce belle fille. L'hostilité d'autrefois avait disparu. Ses deux filles à elle étaient l'une bien mariée, l'autre fiancée à un briquetier voisin dont les terres d'argile touchaient les propriétés Verschueren.

— Il faut vous marier, Suzanne, répétait la dame.

Mais Suzanne disait non. Son père mort, rien ne la retenait au Weert. Elle voyagerait. Elle pouvait se permettre cela, elle était libre.

— Voyager! mais Suzanne vous n'y pensez pas! et toute seule? et quand? et où?

— Toute seule... ou avec quelqu'un qui voudrait bien... et quand? dès que le nouveau Dyckgraef serait nommé, et où? mais, par exemple, Tante, en Gascogne, puisque l'arrière-grand-père en venait... avec Dumouriez, tante, vous vous souvenez?

— Mais Suzanne, vous ne pouvez pas non plus demeurer ici avec un garçon jeune et beau comme Triphon?

Suzanne la regarda, étonnée:

— Pourquoi pas, tante? il faut au contraire qu'il m'aide à diriger tout: les schorres, les foins, les fermes, et surtout les oseraies! D'ailleurs, il loge dans la chambre de l'écurie. Puis, la vieille Jo habite avec moi.

— Suzanne, on jasera..., il faut que vous passiez, au moins, une journée par mois à la briqueterie. Comme cela, on saura que vous êtes toujours sous la sauvegarde de votre famille.

— Oui tante, volontiers, répondit poliment Suzanne, mais elle se demandait comment son père, si fin, si réservé, avait pour sœur cette personne-là...; il est vrai que la tante ressemblait à grand-mère...; et Suzanne involontairement regardait le fauteuil, près de la fenêtre.

La tante suivit ce regard:

— Oh! s'écria-t-elle, le fauteuil de mère! Dix ans! Dire que pendant dix ans elle n'a pu le quitter. J'ai peur de devenir comme elle quand je sens du rhumatisme... Elle vous nommait sa petite princesse, vous en souvenez-vous, Suzanne? Allons. J'entends l'auto; je m'en vais, ne pleurez pas trop et venez à la briqueterie.

Mme Verschueren mit son chapeau:

— Ces voiles de deuil dit-elle, c'est bien gênant mais c'est de rigueur... Elle sembla vouloir ajouter encore quelque chose, hésita, et se décida tout à coup:

— Suzanne?

— Oui, Tante?

— Est-ce qu'il mangeait à table avec vous?

— Qui?

— Triphon?

— Non, Tante, avec Joke, pourquoi?

Mais elle n'avait pas fini de dire pourquoi qu'une rougeur brûlante envahit son visage, tandis qu'un malaise entrait dans son cœur.

Sans autre compagne que Jo, sans autre ami que ce père taciturne et doux, dans sa simplicité extrême, elle n'avait jamais songé à cela, et maintenant se creusait soudain entre elle et ce beau garçon honnête un fossé social. Un fossé jamais aperçu.

La tante vit son trouble:

Il était temps de lui dire cela, pensa-t-elle.

PASSAGE D'EAU

Un dimanche soir, le passeur, ayant bu, glissa sur une poutre de l'embarcadère et se foula le pied. Le lendemain matin, sa femme battit le village, à la recherche de Knie le guérisseur, et Suzanne, apprenant l'accident, prit le chemin de la digue.

La jeune fille craignait que la vue du fleuve n'augmentât sa peine. Elle avait évité l'Escaut depuis la mort de son père, initiateur de son amour pour l'eau, les digues, les ciels mouvants, les prairies basses et les odorantes et murmurantes oseraies.

Elle entra dans la maison de Susse, très vite, sans regarder l'Escaut, lui tournant le dos et le cœur battant.

— Eh bien, Susse? Qu'y a-t-il?

Le passeur jurait en montrant sa cheville enflée. Finne était allée chercher son vieux père, pour le service de la barque. Elle tardait à rentrer, car le parrain ne marchait pas vite et maintenant, deux personnes attendaient sur la rive opposée et si mademoiselle Suzanne voulait appeler Triphon, et crier aux gens d'attendre un moment?

— Avant qu'il soit ici, dit Suzanne, avec un vague sourire, je pourrais aussi bien les passer moi-même.

— Cela, oui, mademoiselle, vous ramez mieux que personne. Mais tout de même, pour une demoiselle comme vous!

— Bien, bien j'y vais, déclara Suzanne amusée.

Quand elle sentit sous la barque le gonflement du courant, une grande joie l'envahit. Le souvenir de son père lui revenait si intact, si parfait que ce fut comme une réunion. Il lui sembla le voir assis à côté d'elle, silencieux et contemplatif. Le vent lui parlait, la couleur de l'eau, l'affleurement des bancs de sable, et jusqu'aux taches des taupinières, ennemies des digues, jetées comme des éclaboussures parmi l'herbe neuve. Pour monsieur Jules, les choses prenaient une place plus importante que les hommes. Si Suzanne ignorait moins les gens, c'était grâce à sa grand-mère, qui de son fauteuil d'infirme placé près de la fenêtre surveillait les événements du village. Ses commentaires avaient beaucoup appris à Suzanne.

Deux personnes attendaient la barque: une fille que Suzanne connaissait et à qui elle expliqua l'accident de Susse et un homme d'une trentaine d'années.

— D'où sort-il?, songeait Suzanne en voyant ses chaussures lourdes de boue. L'inconnu lui demanda s'il pourrait se sécher dans la maison du passeur avant de continuer son chemin, car il avait traversé des prairies détrempées. Il parlait le patois flamand du pays.

— Où allez-vous? demanda la fille du village.

— A Boom.

— Alors, répartit Suzanne, prenez l'autobus, place de l'Eglise.

— Oh non! je préfère me promener!

A cette simple petite phrase: « Je préfère me promener » (ik wandel liever) Suzanne tressaillit. Parmi tous les gens de ce pays, rassasiés de grand air, de vent, d'humidité, de fatigue physique, seuls son père ou elle-même eussent fait une telle réponse.

Elle regarda attentivement le promeneur. Un visage rasé, maigre et fin, sous un feutre déformé: ni cravate, ni col. Sa chemise était pourtant blanche, soignée, de belle qualité. Il avait un veston distendu par la quantité de paperasses dont ses poches se gonflaient. Point de gilet, une fine camisole de laine dont un coin déboutonné dépassait le veston. Il avait enfoncé le bas de son pantalon dans ses chaussettes. Il était chaussé de fins souliers en chevreau, et tenait un solide gourdin dans sa main délicate mais peu soignée.

Qui cela peut-il bien être, pensait Suzanne, un géomètre? un huissier?... non... un entrepreneur?... non. Ces gens-là portent de fortes chaussures, des houseaux de cuir, un col, un gilet; ce n'est certes pas un ouvrier, ni un bourgeois, car il est trop débraillé, ni un artiste, eux aussi sont équipés.

— Dois-je vous payer le passage? demanda le jeune homme.

Elle rit:

— Non, là-haut, dans la maison du passeur. Il s'est foulé le pied. Je ne suis ni sa femme ni sa fille. Je suis passeuse d'occasion.

— Ah! je pensais bien.

Il souleva légèrement son chapeau, et Suzanne vit des cheveux ébouriffés sur un beau et large front. Il avait les yeux aimables et trop petits. Il entra chez le passeur, paya, demanda de sécher ses souliers et s'assit près du poêle de Louvain dont la fonte rougissait.

La fille du village le regardait du coin de l'œil et chuchota ironiquement:

— Il dit qu'il préfère marcher que de prendre le *bus*...

Le passeur se frappa la poche, ce qui signifiait: pas le sou, peut-être. Mais Suzanne lui fit signe que non. Elle souriait: ni elle ni son père n'eussent choisi l'autobus.

Finne rentra avec le père de Susse et Knie le guérisseur, et Suzanne resta pour voir les simagrées du bonhomme. Il examina le pied malade, puis déclara qu'il le guérirait. Mais, pour cela, il prévoyait quatorze heures d'état stationnaire, puis quatorze heures d'amélioration, puisque autant d'heures s'étaient écoulées entre le moment de l'accident et le moment où lui, — Knie — entreprenait la guérison. Il murmura des formules inintelligibles en traçant une série de signes sur la cheville enflée et il recommanda d'envelopper le pied de linges mouillés et froids.

L'étranger l'observait et lui demanda ce qu'on lui payait pour cela.

— Rien... ce qu'on veut, répondit le vieux avec un regard de défiance.

— Et ça guérira?

— Oui, ça guérira. Si l'on m'a dit bien exactement la cause de l'accident!

— La jambe cassée de Piel, vous n'avez pu la guérir, hé, Knie? railla la fille du village.

— Ah! mais, ragea l'homme, justement, il ne m'avait pas dit.

— Qu'est-ce qu'il n'avait pas dit? interrogea Suzanne.

— Eh! bien, c'étaient des gens d'Eyckevliet. Ils revenaient le long du Vliet. Il y avait du brouillard sur la rivière et surtout près de la ferme de Piel. Un agneau errait là, bêlant au clair de lune (nous savons tous que les *vrais* agneaux sont à l'étable, les nuits de clair de lune). Donc, ceux d'Eyckevliet ont voulu voir ce que c'était, et l'ont suivi. L'agneau voulut les entraîner vers l'étang! Alors, ils ont compris, et le grand Guste, furieux, a jeté une pierre. Il atteignit l'agneau à la patte gauche, sous le genou, la bête est tombée à l'eau, et ils ont retrouvé aussitôt leur chemin... Le lendemain, on m'appela pour le fermier, je le trouvai au lit, la jambe gauche brisée sous le genou. Moi, j'ignorais tout. Je l'ai su après, mais en sortant de la ferme, j'aperçus des vêtements mouillés, étendus sur une corde. J'interrogeai la femme: «Oh... j'ai lavé!... lavé...» dit-elle embarrassée. Comment voulez-vous que je répare un malheur arrivé *comme cela?*

— Mais votre Gitteke, Knie, vous ne l'avez pas guéri non plus? dit la fille qui s'amusait à le contrarier.

— On ne peut pas guérir ceux avec qui on habite, mais je l'ai pourtant empêché de mourir.

— Comment cela...

— Ça, Finne le sait et Susse aussi, je vous le raconterai bien un jour, dit le vieux avec un coup d'œil inquiet à l'étranger.

Suzanne se disposait à partir quand le poupon se réveilla et cria.

— Eh! bien, Finne, la petite prospère-t-elle, maintenant?

— Oui, Zelle Suzanne, et voyez: je lui ai mis le tricot que vous lui avez donné.

— Je vois, Finne, pauvre enfant, soignez-le-bien.

Quelqu'un entra, c'était le grand Triphon.

— Zelle Suzanne, dit-il, le greffier vous demande et il ne peut attendre longtemps.

— Je viens!

L'étranger se leva aussi. Merci, les gens! Il posa deux francs sur le coin de la table et sortit.

— Ça ira? dit encore Suzanne au père du passeur.

— Il faut bien que cela aille, répondit le vieux. (Les gens de l'Escaut disent rarement *oui* ou *non*.)

Triphon, vêtu de velours fauve, guêtré de courts houseaux, accompagnait Suzanne de son pas lourd et puissant. L'inconnu débraillé les précédait. Il chantait d'une voix de baryton juste, souple, un peu faible. Il chantait en français une chanson de Dalcroze que Suzanne ne connaissait pas.

— Les garçons d'Yverdon...

L'homme et la chanson étaient si étrangers à ce paysage de digues et de village flamand, que Triphon murmura:

— Qui peut-il être?

Suzanne fit signe qu'elle l'ignorait.

Chez le passeur, Knie, pointant le doigt vers le chemin où s'éloignaient les jeunes gens, dit:

— Eh! bien?

Susse resta silencieux.

— Et ça? continua le guérisseur en montrant le poupon, ce n'est pas le vôtre, hein?

— Mais non, vous le savez bien, dit Finne, les nôtres sont à la vannerie. Ceci, c'est d'une fille de Rupelmonde, le pauvre agneau n'a pas de père, mais la mère paie régulièrement ses mois, puis, Zelle Suzanne donne un peu de vêtements.

— Ah! fit Knie en clignotant de ses yeux hagards, je croyais que Triphon et Zelle Suzanne y étaient ensemble pour quelque chose?

Le passeur, cette fois, ôta sa pipe de sa bouche:

— Knie, mon garçon, quand vous serez encore un peu plus fou vous irez à Gheel [1].

— Qui ne demande rien, ne sait rien, ricana le vieux, mais Triphon n'a pas ses yeux en poche quand il la regarde.

— Ça, je l'ai bien remarqué aussi, déclara Finne.

— Et toi, silence! lui cria Susse.

1. Colonie d'aliénés.

LE SCHORRE DE WINDRIET

Le greffier désirait montrer à Suzanne une lettre reçue le matin à la maison communale et concernant les digues.

Monsieur le secrétaire communal du Weert,

Par la mort de Mme Zoetens, ma tante, veuve et décédée sans enfant, je me trouve propriétaire d'un schorre, *sis au coude de l'Escaut, nommé* le Windriet *avec écluses d'irrigations, digues d'été et digues d'hiver. Je voudrais savoir à quels frais d'entretien est astreint le possesseur d'un schorre, quelles sont ses responsabilités, etc...*

Signé: M. LARIX.

— Vous connaissez cela mieux que moi, Zelle Suzanne, conclut le greffier, que faut-il répondre?

— Que cet homme vienne me trouver un de ces jours. Je le conduirai au Windriet, comme père l'eût fait. Qui est ce Larix?

— Le fils d'un frère de Mme Zoetens, ces gens habitent Berchem: voyez l'en-tête de la lettre, ils ont une fabrique de tubes pour vélos.

— Accompagnez-nous, Verreeke, il faut que vous vous mettiez au courant, si vous désirez devenir comte des digues.

— A la prochaine cession, en mars, les propriétaires voteront, dit prudemment le greffier, pourquoi pas *vous*, mademoiselle?

— Moi?... Oh! croyez-vous que je vais rester au

village maintenant que père est mort?

— On ne sait jamais! Et vous aimez tant vous promener, n'est-ce pas?

Il y avait dans le ton quelque chose de narquois.

— Père trouvait qu'il fallait ouvrir l'œil continuellement. Ecrivez à ce Larix de venir un samedi. Je serai libre, mais qu'il me prévienne.

***

M. Larix, propriétaire du schorre de Windriet, vint un samedi de mai. Selon l'habitude dans les villages flamands, Suzanne ouvrit elle-même la porte. Un sourire de sympathie éclaira son bon visage honnête et sain en reconnaissant le personnage débraillé, amateur de promenades, qu'elle avait passé dans la barque de Susse.

Il dit gaiement:

— Alors, vous n'êtes plus passeuse, mademoiselle, vous êtes Comtesse des digues, dit-on?

— Je fais l'intérim, comme pour le passeur... répliqua-t-elle. Faut-il atteler une carriole pour nous conduire à votre schorre, ou bien irons-nous à pied, puisque vous êtes amateur de promenades?

Le visage de Larix se plissa d'un nouveau rire. Il ressemblait, pensa Suzanne, à un chat qui aurait l'air franc.

— Par un temps comme cela, dit-il, ce serait coupable de ne pas se promener, c'est assez dur d'être enfermé au bureau toute la semaine, allons à pied, mademoiselle la Comtesse!

— En semaine? remarqua Suzanne, je vous ai passé un lundi, pourtant.

— Oh! ce jour-là, je me promenais pour mes affaires, j'avais vu un marchand de vélos, j'allais en voir un autre; entre les deux, j'ai pris à pied, pour mieux connaître les *schorres*.

— Pas à pied sec, toujours! je me souviens de vos souliers trempés!

— Qu'est-ce que cela fait: si on peut se sécher! J'aime les choses souples aux pieds et les choses douces aux mains!

— Le vent et l'eau par exemple? s'écria Suzanne.

— Oui, et l'herbe et certaines étoffes, mais le papier dont les chambres sont tapissées est affreux à toucher, ne trouvez-vous pas?

Suzanne tressaillit légèrement: si le brasseur lui avait dit qu'il «aimait les choses douces aux mains», elle eût gardé un silence hostile, devinant qu'une galanterie déplaisante allait suivre... elle se fût rappelée les avertissements de sa grand-mère (ma petite princesse héritière, garde-toi des garçons du village qui en veulent à tes sous). Et à ce Larix, elle venait de répondre d'un élan, «le vent et l'eau» puis elle avait craint un propos offensant, mais Larix avait ajouté des choses qu'elle pensait elle-même. Elle l'examina: cette fois, il portait col et cravate, mais à part cela, il était tout aussi débraillé, d'un débraillé fait d'insouciance plus que de pauvreté. Suzanne déterminait mal cette nuance: elle fut sur le point de lui demander, en forme de plaisanterie qui s'occupait de ses vêtements, mais son habitude défensive envers les jeunes hommes la reprit et elle dit simplement qu'elle allait mettre, elle, de solides chaussures.

Ils suivirent d'abord le chemin pavé du village, bordé de maisons basses, reliées à la chaussée par un petit pont maçonné ou bien nichées dans un carré d'herbage, parmi les fossés boueux. Les saules chevelus bleuissaient à l'air de mai. Dans les rares courtils à peu près secs, des pommiers ronds fleurissaient. Les hommes étaient aux champs, au fleuve ou à la vannerie, mais les femmes, les vieillards et les enfants dépouillaient l'osier. L'odeur amère du tanin s'échappait des écorces rousses étendues sur les haies, comme de lourdes lessives; un parfum sucré de sève fraîche s'éventait des osiers pelés. Suzanne respirait, grisée.

— Que gagnent-ils, demanda Larix?

— Cela dépend: on les paie à la botte. Ceux qui sont habiles se font chaque jour une trentaine de francs, à la saison. Regardez Mie Broes, ce sont mes osiers qu'elle pèle.

Une femme, coiffée d'un mouchoir rouge, travaillait avec une grande précision. Une pince d'acier était attachée à un poteau, la vieille saisissait le brin d'osier, d'abord par la tête, et le glissait dans la pince; elle tirait vivement, l'écorce tombant à terre en longs rubans. Elle reprenait l'osier par le gros bout et répétait le mouvement. Une petite fille l'aidait, préparait les brins, les lui tendait, ramenait les fagots du bord du fossé, où ceux-ci, plantés par ordre de taille, formaient des plans inclinés verdoyants.

— Voyez-vous, monsieur Larix, dit Suzanne, après les coupes de janvier, on range ainsi l'osier. Il fait encore de petites racines, pousse ses chatons, et la sève décolle l'écorce.

— Oui... oui..., dit Larix, d'un air content, quelle bonne odeur, n'est-ce pas? Et après un silence, il ajouta: j'aime aussi l'osier.

De tours en détours, la chaussée les menait à la grande digue de l'Escaut. Là, les oseraies bourbeuses, coupées de fossés d'irrigation s'engraissaient d'alluvions. Des rangées de peupliers du Canada bruissaient, dont les feuilles jeunes avaient encore le blond doré des pousses. En contrebas de la digue s'abritaient les noyers, leurs bourgeons à peine éclos roussissaient en franges molles. De belles vaches tondaient ras les digues. Une paysanne assise dans l'herbe les gardait, le tricot en main.

— Elle est percluse de rhumatismes, dit Suzanne, mais elle s'assied tout de même ainsi sur le sol humide, et elle ne pense qu'aux chances de soleil ou de pluie.

— Quel temps, Zelle Zanne? cria la paysanne.

— Beau, pour deux jours encore, jusqu'à la demi-lune, Roos!

— Espérons... espérons! soupira Roos.

— Voyez-vous, poursuivit Suzanne, c'est favorable aux digues que le bétail y broute. L'herbe devient drue comme feutre et empêche la terre de glisser. En amont de Tamise, on a planté des arbres sur les grandes digues; c'est dangereux, les racines ameublissent et les taupes travaillent.

Ils marchaient à présent sur la digue:

— Voici un schorre pareil au vôtre, mais le vôtre est meilleur, car il est endigué depuis longtemps.

Lustrée au vent, l'herbe des prés montrait déjà l'ache et la renoncule en fleur. Suzanne soupira et dit que bientôt on ferait les foins et que le plus beau moment de l'an serait passé.

Larix répondit que lui aussi aimait le début du printemps, ce que les Anglais nomment *early spring*, lorsqu'on voit à peine que la saison change, mais quand déjà la terre sent bon et se réveille.

Suzanne sourit joyeusement en faisant signe que oui.

Elle aurait eu de la peine à exprimer ce que Larix venait de dire, mais c'était exactement ses propres sensations. Son père et elle se communiquaient rarement et avec difficulté leur émoi devant les choses de la nature. Suzanne souriait et en même temps deux larmes jaillirent. Larix la regardait d'un air embarrassé et se taisait.

— Je suis ridicule... expliqua enfin la jeune fille, parce que je ne sais ce que je veux. J'avais toujours pensé que mon père seul me retenait au village et que, lui mort, rien ne pourrait m'y garder. J'avais horreur de cette vie villageoise. Et parfois, comme aujourd'hui, tout est si beau, l'air si parfumé! Et les digues, je les connais toutes, chaque arbre est un ami, et... Sa voix chavirait, elle se tut de peur d'éclater en sanglots.

— Moi, répondit paisiblement Larix, s'il me fallait rester enfermé au bureau et ne plus me promener, j'en ferais une maladie. Je vous comprends donc très bien, mais, le Weert n'est pas le seul endroit où l'on puisse vivre. Il y a de l'air, de l'eau et du soleil en d'autres lieux aussi.

Suzanne secoua la tête:

— Ce n'est pas la même chose, murmura-t-elle. Ici, je devine la couleur de l'eau sur le banc de sable, selon l'heure et la saison et la marée. Je prévois la hauteur du flot à marée haute, au coude, là où il faut craindre les brèches, et le nombre de charretées que prend un terrassement; je connais la forme exacte du banc devant Tamise, je sais où trouver le muguet, la reine des prés et la scabieuse; j'aime les tussilages qui revêtent le talus; je connais les courants et les passes, je puis sortir en barque par tous les temps et je sais où je puis me baigner, où l'eau reste bleue et pure.

Larix l'écoutait patiemment. Il ne ressemblait pas aux autres garçons, qui veulent toujours attirer sur eux l'attention des jeunes filles et ne leur parlent que d'eux-mêmes. Quand Suzanne se tut, il réfléchit, puis lui conseilla, non comme elle le craignait, de se marier au village, mais de se faire nommer comtesse des digues. Et ce titre de comtesse semblait le divertir beaucoup.

Suzanne répondit par un geste évasif et découragé, et ils ne parlèrent plus.

Les nuages ronds et blancs passaient très haut dans un ciel très bleu. Du côté des prés, le pied de la digue s'ourlait de saules, et l'Escaut balançait doucement l'image de ce beau jour printanier.

— Et la foulure du passeur? interrogea soudain Larix.

Suzanne rougit. Elle aussi songeait à leur première rencontre et ce contact de leurs pensées la révolta, comme elle se fût rebiffée s'il lui avait pris le bras. Elle dit sèchement:

— Guérie.

— Par les soins de Knie?... demanda-t-il ironiquement.

— Peut-être... peut-être en sait-il plus que vous ne le pensez... Mais voici votre pré, monsieur Larix.

Entouré d'un large fossé de drainage, au bord duquel s'étageaient les lourdes feuilles des tussilages, le schorre enlacé de digues s'étendait mollement devant eux.

— Bien, bien! s'écria Larix ravi. Bien! quand je me retirerai des affaires, je bâtirai une petite maison là, (il montrait l'encoignure de la digue) et je pêcherai l'anguille par les fenêtres de la cuisine...

— Il y ferait bien humide, l'hiver, riposta-t-elle en riant.

Larix demanda encore ce que ce pré lui rapporterait.

Suzanne lui expliqua que c'était peu, mais que cette propriété acquerrait une grosse valeur de terrain industriel.

Le jeune homme réfléchit, voulut dire quelque chose, se ravisa, et regarda sa montre.

— Il faut que je poursuive mon chemin vers Baesrode, dit-il; je vous remercie, mademoiselle la comtesse, et je vous quitte ici. Me donnerez-vous des conseils pour la gérance de ce bien? Je ne le vendrai pas.

— Mais, dit Suzanne, je ne vous ai pas encore dit vos droits et devoirs de propriétaire riverain, car ce schorre vous fait membre du conseil des digues.

— Je le sais, mademoiselle, et, un jour de forte marée, je reviendrai, si vous le permettez.

— Certainement, dit-elle avec simplicité, et ils s'éloignèrent, chacun de son côté.

Suzanne rentrait allègrement. Sous les pommiers, sans répit, on écorçait l'osier. La rousserole lançait son cri joyeux dans les roseaux, les pommiers embaumaient, les notes d'or du coucou se détachèrent d'une rangée de peupliers. «De la pluie...» songea la jeune fille. A la maison, Jo lui lança d'un air réjoui:

— Deux chevreaux, Zanne, deux chevreaux! Nous en avons de la chance! Cette chèvre-ci en mai; l'autre, bien tardive, ne donnera son jeune qu'après les foins. Cela nous promet du lait pour tout l'hiver!

«De la chance... de la chance...» répéta pensivement la jeune fille.

L'OSIER

Cette année-là, lors des coupes de janvier, Triphon avait conseillé à M. Jules de réserver ses osiers en prévision d'une hausse. La récolte avait été placée au village chez les écorceurs. Chaque jour, Suzanne et Triphon devaient vérifier le travail.

— Il faudrait, dit le jeune homme, faire construire une chaudière en ciment pour préparer l'osier rouge. Cela rapporte beaucoup. Il y en a une au Hoekkant, nous irons voir si vous voulez.

C'était près des étangs du Vieil-Escaut, dans un petit verger où l'osier bouilli étincelait en faisceaux roux. Une grande cuve en regorgeait, dont l'eau bouillonnante exhalait une odeur acide, et de grands tas d'écorces molles fondaient en flaques rougeâtres. Aux bords de l'étang, rouissaient d'autres bottes d'osier que de lourds soliveaux maintenaient dans la vase, sous un grésillement de décomposition.

Triphon exposait son plan à Suzanne: on aménagerait la vieille écurie, on prendrait des bouilleurs et des écorceurs à gages, et Suzanne ou lui pourraient sans cesse surveiller les ouvriers. C'est là une affaire qui donnerait gros si lui, Triphon, pouvait y consacrer son temps, et Suzanne tenir une comptabilité minutieuse.

Suzanne, troublée par ces projets qui les rapprochaient, répondit qu'elle devait son temps aux digues.

— Entre nous, Zelle Suzanne, vous savez bien que M. Jules y allait et vous y envoyait dix fois plus que nécessaire. C'était son idée, mais une bonne inspection suffit là où vous faisiez dix promenades, je vous le répète. Si l'osier, écorcé à façon, vous laisse un bon bénéfice, que serait-ce si vous le vendiez bouilli, roui et séché?

Suzanne se taisait. Ils se trouvaient dans la partie la plus imbibée, la plus noyée de cette langue de terre d'où émerge le Weert. Au loin, de l'autre côté des étangs, le féerique château s'imprécisait dans la brume bleue. Une grande aubépine écarlate se penchait sur le toit rouge de la petite maison du bouilleur. Devant la porte cintrée, moins haute que lui, Triphon, vêtu de velours, fauve comme l'osier, sa large face rasée, les cheveux plus clairs que le teint halé, regardait la jeune fille. Ce regard la gêna. Elle entendit dans sa mémoire la voix impitoyable de tante Brique:

— Est-ce qu'il mange à la cuisine, Suzanne?

— Rentrons, dit-elle brusquement, j'ai encore à écrire.

La fin du jour fut si belle que Suzanne n'eut pas le courage de travailler. Dans le petit jardin calme, l'air chargé de parfums lui caressait doucement le visage et les mains. «Il fera beau demain», pensa-t-elle. Elle terminerait ses écritures le matin et s'occuperait de l'osier l'après-midi; sa vie se précisait ainsi: l'osier, les foins, la digue, les coupes de bois, les registres... Allait-elle donc vieillir au village, semblable à grand-mère, aimant comme elle l'argent? Partir... mais où? mais comment? Elle se mit à pleurer, non sur son père, mais sur elle-même.

— Qu'y a-t-il, Suzanne? demanda placidement Jo, passant la tête par la fenêtre de la cuisine, et Suzanne, du banc où elle était assise, répondit:

— Je ne sais... je voudrais partir... et rester!

La vieille sortit de sa cuisine; droite dans ses sabots, ses yeux bleus et vifs fixant la jeune fille, elle dit:

— Trop de bien-être, ma fille! Que M. Jules soit mort, vous savez bien que c'est une délivrance pour lui; mais à part cela, vous, pleurer, avec du bien, votre liberté, et belle fille avec ça! vous n'avez qu'à choisir. Savez-vous ce qu'il vous faut? Un bon mari et des enfants; à votre âge, j'en avais déjà trois et un mari qui buvait trop tous les samedis.

— Mais qui dois-je épouser, Joke? dit Suzanne dont les larmes s'arrêtaient.

— Quand vous serez amoureuse, vous ne me demanderez pas conseil.

— Alors, il vaut mieux me donner le conseil maintenant, Joke.

— Quand notre Wannes était ivre, le samedi, quelque voisin m'avertissait. Je le trouvais vautré sur le bord d'un chemin et je regardais dans ses poches, heureuse si j'y trouvais une partie de la paie. En ce cas, houp! sur mon épaule, et je le portais chez nous, dans son lit. Mais si tous les sous étaient bus, eh bien! il pouvait rester dans le ruisseau jusqu'au lendemain; ces semaines-là, sans l'aide de votre père, sans mes chèvres et mon champ... N'épousez pas un ivrogne.

— Pas Monne, alors! conclut gravement Suzanne.

— Notre Wannes buvait, mais il travaillait beaucoup. Il ne chômait jamais et partait dès quatre heures du matin à la fabrique. Il se lavait le dimanche et jurait beaucoup; cela ne me chagrinait pas, j'étais habituée. Mon père et mes frères faisaient de même. Il ne me battait jamais. C'était un bon homme. Zanneke, il ne faut pas épouser quelqu'un de moins bien que votre père.

— Joke! dites-vous cela pour...?

— Je ne nomme personne, interrompit Jo, mais moi, qui avais un mari buveur, dix enfants et beaucoup de misère, je vous dis que je préfère mon sort à celui de Barbe la couturière qui ne se maria point de crainte de trimer et qui a une figure et une vie comme si on les avait effacées avec un torchon savonneux.

— Mais que faire, Jo?

— Eh bien! au lieu de pleurer, écrivez donc à tante

Brique que vous irez dimanche à la briqueterie, vous y verrez de la jeunesse, et, après tout, c'est la sœur de votre père, Mme Verschueren.

BRIQUES

Mme Verschueren avait invité Monne le brasseur.

— Comme cela, il arrivera avec Suzanne, dit-elle à sa fille aînée; ne trouvez-vous pas que cela serait bien?

Juin. Par sentiers et digues, par champs et par prés, que de cyclistes, que de gens se rendant à la messe, en vêtements propres, presque élégants! Etaient-ce les travailleuses aux pieds nus, écorçant l'osier toute la semaine? Etaient-ce les paysans boueux d'hier soir? Le coup de baguette du dimanche: dehors toutes les richesses! La bonne bière de Bornhem coule aux estaminets, les salles de danse crépitent d'orchestrions. Suzanne s'était mise en frais de toilette. Echo lointain de la grand-mère, Jo avait répété:

— Ne soyez pas moins bien que les autres, n'est-ce pas?

Suzanne aimait la bicyclette, elle roulait sans fatigue; Monne la suivait. Il fallut descendre plusieurs fois de vélo, une société de musique les arrêta, puis les barrières du chemin de fer, puis une kermesse. Le brasseur voulait boire, mais Suzanne, prétextant son deuil, refusa d'entrer avec lui dans un estaminet; s'il avait très soif, il pourrait prendre de la bière au petit café du passage d'eau de Steendorp.

C'était, en contrebas de la digue, un vieux cabaret flamand. Le patron en casquette de soie noire et gros sabots jaunes avait lavé les mille rides de son visage. Il offrit avec déférence au jeune brasseur une bouteille de sa bière. Le garçon s'assit, s'épongea, enleva sa veste et souffla. Suzanne le comparait à son père dont elle avait appris une tenue sobre et réservée; elle l'opposait, endimanché d'un costume neuf, un peu trop clair, au sympathique et débraillé Larix, et même à Triphon en solide tenue paysanne.

Ils passèrent le fleuve vers le village des briquetiers. Le jeune brasseur, enchanté de l'expédition, regardait complaisamment Suzanne, assise à l'avant de la barque, son chapeau en main, ses cheveux courts et frisés bougeant au vent. Elle avait un visage joyeux de jeune bacchante. Le brasseur ne fit pas cette comparaison-là, mais il trouvait la jeune fille bien jolie et la sentait, confusément, supérieure à lui par l'éducation. Elle l'intimidait un peu.

Il lui demanda si elle aimait à sortir en auto. Elle dit que oui, mais elle préférait se promener.

— Moi pas, dit le jeune homme, — sauf comme aujourd'hui — mais quand le temps est mauvais, on va au cinéma, à Bruxelles ou à Anvers. A la maison, le dimanche, on a de bons petits dîners, maman s'y connaît en cuisine! Et si j'avais une gentille petite femme dans mon auto et pas trop vite de gosses qui empêchent... on s'amuserait bien, allez!

Suzanne ne répondit rien. Le visage tourné vers l'amont, bercée vaguement par ce projet de vie bourgeoise et confortable, elle voyait en rêve une haute silhouette d'homme, vêtu de velours brun, qui lui parlait des récoltes d'osier; l'aubépine rouge fleurissait et l'inaccessible château se mirait dans les étangs bleus...

La tante habitait une grande maison blanche, près de la briqueterie. Au fond du jardin on descendait dans les parties déjà exploitées et vidées de leur terre glaise, de longs séchoirs à tuiles et à briques s'y alignent et l'odeur sulfureuse des fours y absorbe tout autre parfum.

Les terres d'argile en exploitation s'éloignent ainsi de plus en plus du puits primitif. Les propriétaires briquetiers calculent cinquante ans à l'avance quelles terres il faut acquérir pour continuer leur industrie. Ces combinaisons donnent lieu à une sorte de jeu d'échecs conduit avec une âpreté incroyable entre les possesseurs d'argile. Il s'agit de ne point se laisser encercler par ses voisins. Des trains de wagonnets passent sous des routes, sous les chemins d'un briquetier rival; il y a des procès et des transactions. Parfois, des échanges de parcelles se font, mais le plus souvent, des mariages bien arrangés apportent à tel briquetier telle terre convoitée.

Le mariage de la tante, œuvre patiente de la grand-mère Briat et du grand-père Verschueren, avait réuni deux gros lopins d'argile et garanti quarante ans d'exploitation, auxquels l'union projetée pour Maria, la deuxième fille Verschueren, ajouterait une dizaine d'années encore...

Au milieu de la vieille briqueterie, le drainage des puits avait formé un étang, large et profond, grouillant d'anguilles et de brochets. Une barque y servait pour la pêche. C'est là qu'après un dîner plantureux, la jeunesse s'en alla voguer paresseusement en fumant des cigarettes. Il y avait tous les enfants de tante Brique, le fiancé de Maria, et une amie de Maria nommée Cécile, belle fille brune et délurée. Tout ce monde blaguait, plaisantait, se taquinait en un étrange parler mi-flamand mi-français, en un tumulte de taquinerie autour de Cécile. Suzanne se tenait à l'écart, à la fois dépitée et orgueilleuse de se sentir si différente d'eux.

Elle ne voulait ni qu'on lui dérobât un baiser, ni qu'on s'amusât par exemple à lui faire perdre l'équilibre sur l'étroit banc de la barque — facéties qui enchantaient Cécile ou Maria.

Elle songeait vaguement que Triphon avait «mangé à la cuisine» avec Jo et que Larix se promenait en quelque sentier boueux. Elle trempa sa main droite dans l'étang, s'amusant du cercle de fraîcheur à ses doigts... une bague de fiançailles avec l'eau... parfois à son poignet: «ainsi l'anneau de la chaîne qui me retient à l'Escaut»... Puis, creusant sa main, elle y ramenait un peu d'eau — l'âme de l'Escaut — et la laissait couler entre ses doigts joints. Elle pêcha ainsi un de ces petits têtards qui pullulent dans les mares: «Je pêche l'âme de l'Escaut dans un trou à brochet... et je ramène une larme noire». Suzanne sourit. Elle aimait ces idées, ces drôles d'idées, fruits du silence où elle avait grandi. La «larme» frétillait, chatouillant la paume, et Suzanne regardait s'agiter la bestiole.

— Hé! Suzanne a pêché une baleine! cria Maria.

— Elle la regarde tendrement! regardez-moi plutôt ainsi, Suzanne, dit le cousin Robert.

Mais Suzanne, sur la défensive:

— Oui, je trouve que c'est joli, je cherche à voir les yeux.

— Joli, ravissant, persifla Cécile... On en mangerait!

— Je parie que vous n'en mangeriez pas, jeta le gros Robert.

— Je parie que si! je l'avalerai dans un verre d'eau.

— Cent francs que non! Ne le rejetez pas, Suzanne!

— Cent francs que si... mais pas cette eau-ci, à cause des microbes, vous prendrez de l'eau à la maison!

Monne se leva soudain et sauta d'un bond sur la rive. La barque oscilla violemment et Robert, assis sur le bordage, toucha l'eau du fond de son pantalon.

— Imbécile, cria-t-il, on avertit!

Mais les autres se moquèrent de lui, et il s'essuyait encore de son mouchoir, quand Monne revint, tenant un verre d'eau claire. On y mit le têtard. Il frétillait.

— Houp! s'écria Cécile, et elle avala d'un trait l'eau avec le tétard:

— Pas plus difficile que cela. J'ai pris ainsi des pilules pour les maux de tête... mes cent francs?... Elle tendit la main à Robert. Celui-ci, vexé, lui offrit un billet qu'elle glissa lestement dans sa sacoche. Suzanne, écœurée, pensait: «Plutôt qu'une pareille chose, je préférerais... je préférerais... »

Monne regardait Cécile. Ses yeux luisaient, sa cigarette s'éteignait entre ses doigts. La pensée de Suzanne se tourna de nouveau vers Triphon.

FOINS

Il faisait très chaud. Triphon, en veste de toile, allait de son pas calme à côté de Suzanne. C'était le moment d'examiner les schorres, d'évaluer les foins. Les vendrait-on sur pied ou prendrait-on des ouvriers aux gages de Suzanne? Triphon en parlait longuement, posément, calculant le coût, les risques d'orage, de pluie, les chances de soleil. Aux tournants des digues, la même brise rafraîchissait les jeunes gens, puis les mêmes zones de chaleur les enveloppaient. Suzanne avait, l'été, deux robes en tissu blanc, l'une à la cuve, l'autre sur elle. Le noir, cette année de deuil, lui donnait l'impression de n'être plus elle-même. Une grenouille, dans l'herbe, sauta très haut, rappelant à Suzanne la scène du têtard. Elle voulut la raconter à Triphon, mais elle se rendit compte que jamais elle ne lui avait parlé intimement. Education, habitude défensive, elle ne s'entretenait avec lui que des choses du métier: oseraies, temps, marées, Escaut, digues. Elle sentit de nouveau entre eux l'obstacle: «Est-ce qu'il mange à la cuisine?...» Un malaise la prit. Elle se sentait pourtant attirée vers ce garçon simple et beau. «Pourquoi», se dit-elle, «ne pas tenter de me rapprocher de lui et ne pas lui raconter cette histoire de Cécile comme je l'aurais dite à père» et elle dit: «Triphon, dimanche à la briqueterie nous nous sommes promenés en barque. Il y avait une demoiselle qui, pour un pari de cent francs, a avalé un têtard, et je crois que Monne admirait cet exploit!»

Le ton fut un peu sec, à cause de l'effort fait pour lui parler comme à son égal. Triphon la regarda d'un air étonné. Il pensa que l'intonation maussade de sa voix venait du dépit d'avoir vu Monne admirer une autre jeune fille. Il dit brusquement: «Le brasseur est un imbécile!» Suzanne s'attendait à une appréciation sur la jeune fille. Son père, par désir éducatif eût répondu par exemple: quelle sotte fille. Triphon, lui, prenait le point de vue de Monne en l'appelant non pas «Monne», mais «le brasseur», et Suzanne eut soudain la vision des deux hommes parlant ensemble, Monne disant Triphon, et celui-ci répondant Monsieur Monne. La sensation d'un obstacle injuste reprit Suzanne. Elle se tut. L'air léger qui lui séchait la sueur au front essuyait aussi le visage foncé de Triphon; le vent, dans sa course égale et lumineuse, portait comme un courant une multitude printanière de carpelles, de poussières, de folioles, de pétales et d'insectes. Sur l'herbe drue flottait le nuage perlé de l'ache en fleur, un saule renversé par les vents d'équinoxe, gisait près de la digue: «Reposons-nous un moment, Triphon». Ils s'assirent. Suzanne dit: «J'ai emporté des oranges, en voulez-vous une?»

La jeune fille aimait le parfum de l'écorce d'orange qu'elle détachait; près d'elle, mordant à même le fruit, Triphon le mangeait tranquillement, essuyait de sa main le jus à son menton. Suzanne songeait à la finesse, à la douceur de son père, à sa grand-mère qui, si peu soignée elle-même, exigeait de sa petite-fille des «manières de princesse»... Mais la force, la puissance de ce Triphon imprégnait chacun de ses gestes. Comme il broyait cette orange! Suzanne en eut comme un frémissement aux lèvres, elle pensait en le regardant: «Et je sais qu'il m'aime, et je n'aurais qu'un mot à dire, un geste à faire! Je serais là, sur ses genoux, aussi bien à l'abri que, petite fille, roulée dans le caban de père, les soirs de grand vent. Et s'il voulait tout à coup me saisir et m'embrasser...?

Elle frissonna... «Oh! alors... non, je ne veux pas, je ne veux pas!»

Triphon sentit son regard sur lui, il se mit debout. Elle lui vit des yeux changés, une teinte plus rouge tout près des tempes. Elle eut confusément peur. «Avançons», dit-elle, «il est tard».

Ils marchèrent de nouveau parmi les azurs du ciel, de l'Escaut et des prés. La rousserole chantait obstinément sa rude chanson. Triphon parla des foins d'une voix mal assurée, disant qu'ils étaient beaux. La prairie formée d'alluvions pris sur le fleuve était en effet splendide. Six hectares d'herbe drue, grasse, profonde, peu de renoncules, quelques blancheurs de grandes marguerites. En bordure, de frêles et bruissants peupliers du Canada. Quelques saules frémissaient comme des vols d'insectes; Suzanne écoutait son compagnon comme à travers un rêve.

«Vendre sur pied, oui; ce serait trop coûteux de prendre des ouvriers — je ne pourrais le faire seul; trop grand, ce serait pourtant bon à faucher. C'est tendre et gras. Faucher, c'est un travail dur, mais que j'aime»...

Qu'il était donc attirant lorsqu'il parlait de tout cela. Suzanne allait répondre: «J'aime comme vous ces choses», mais elle songea tout à coup à Larix et se tut.

Maintenant le soir tombait. Malgré le charme du jardin, Suzanne avait évité d'y aller. S'asseoir sur le banc près de la cuisine, c'était y appeler Triphon; se reposer sur l'autre banc, devant la maison, c'était le laisser à l'écart, comme un domestique. L'obscurité envahissait lentement le vieux salon où Suzanne, oisive, réfléchissait. Elle regarda le fauteuil de sa grand-mère. Il lui semblait la revoir, énorme et négligée, sa bonne face vulgaire éclairée d'yeux intelligents. Qu'aurait-elle dit si elle avait pu lire dans le cœur de Suzanne?

La jeune fille le savait bien, et elle entra mentalement en discussion avec le souvenir de la vieille dame: «Eh,

Suzanne, vous allez aboutir à cette sottise d'épouser votre domestique, comme Mie Tollhuiser qui se maria avec César Cuikes et fut battue le restant de ces jours?» Oh! d'où revenait donc dans la mémoire de Suzanne cette odieuse histoire de César Cuikes...

— Mais, grand-mère, répliquait-elle, ce n'est pas mon domestique, c'était presque l'associé de père!...

— Et un beau garçon, Suzanne, et un brave garçon... je crois... Suzanne.

— Eh! bien, grand-mère, alors?...

— Suzanne, ma petite princesse, pourrez-vous vous habituer jamais à un homme mal lavé, qui sent la sueur et s'exprime grossièrement?

— Grand-mère, je lui apprendrais à se soigner mieux.

— Suzanne, moi, votre grand-mère, vous me mépri-siez bien un peu. Pourtant j'étais l'épouse d'un homme éduqué comme un sénateur. Pendant trente ans, je m'étais efforcée de lui ressembler, et vous pensez parfois, Suzanne, «je ne veux pas devenir semblable à grand-mère...»

— Grand-mère, si je parviens à l'aimer comme je sens qu'il m'aime...

— Vous souffrirez d'autant plus, Suzanne, et quand vous l'entendrez parler grossièrement, comme...

Suzanne tressaillit. Des mots grossiers, elle venait de les entendre. Non dans son entretien imaginaire avec sa grand-mère, mais ils lui venaient vraiment du jardin. Triphon, ignorant la présence de Suzanne à la fenêtre, criait quelques plaisanteries grivoises à Joke.

LES CONSEILS DE MADAME VERSCHUEREN

Le temps change vite au pays de l'Escaut. Un orage, quelques jours de pluie après la promenade aux foins, et aujourd'hui un temps dur, presque froid. La tante Brique annonçait qu'elle irait déjeuner avec elle. La bonne dame croyait devoir s'occuper de cette nièce isolée et indépendante. Pour les affaires d'argent, Suzanne s'en tirerait et la tante ne craignait rien, mais la question mariage l'inquiétait. Ce Triphon...

Suzanne retrouvait sa grand-mère en cette tante presque inconnue. Elle ne lui déplaisait plus, mais elle fut agacée de penser que la tante, au déjeuner, constaterait que Triphon mangeait à la cuisine. Elle décida de l'envoyer en courses pour affaires et chercha un prétexte. Elle se souvient d'une machine à écorcer l'osier, dont on lui avait parlé, et qu'on essayait à la vannerie Verbeeck. « Allez-y voir, dit-elle, passez-y la journée. Vous pourrez juger du rendement et du fonctionnement. »

— Si c'est pratique, dit Triphon, on pourrait l'employer ici l'an prochain... mais c'est marée de pleine lune aujourd'hui et il faudrait surveiller les taupinières au Windriet. Le vent est large.

— Je sais, je sais, Triphon, j'irai à quatre heures.

— Seule? ne vaut-il pas mieux que je vous accompagne?

S'il reste, pensa Suzanne, tante le verra à la cuisine:

— J'irai seule, Triphon, la marée ne sera pas bien mauvaise.

C'était un temps que Suzanne nommait «juin en délire»; un soleil éclatant dans un ciel foncé et quelques nuages blancs et ronds à toute vitesse. On lui apporta de la maison communale un télégramme d'Ostende, annonçant une très forte marée. Des dépêches sont envoyées ainsi à tous les directeurs de digues. Il faut alors ouvrir certaines écluses, en fermer d'autres, surveiller des points faibles aux coudes du fleuve, glisser dans les portes des maisons des planches que l'on y maçonne avec la glaise fraîche. «Marée haute vers cinq heures, et tante Brique serait partie!» Quelle joie d'observer le flot sur la diguette du Windriet! En y songeant, Suzanne oubliait tout: Triphon, Larix, tante Brique, Monne. Le mélancolique et tendre souvenir de son père submergea son cœur. Il lui sembla le retrouver, entendre sa voix lui parler de l'eau. «L'eau! Suzanne, je ne pourrais vivre en Ardenne où elle court si vite qu'on n'a pas le temps de la regarder, tandis qu'ici, elle domine tout: le pays se fait petit, petit...»

Joke appela: «Suzanne! il faut mettre votre jolie robe pour Madame Verschueren! je vois son nez d'ici si vous n'êtes pas chic! Et j'ai un second plat aussi pour le déjeuner!...»

Suzanne peigna ses cheveux courts et bouclés, mit un col blanc sur sa robe de crêpe de Chine noir, aperçut dans le miroir son visage animé, son teint hâlé, ses yeux aimables, et elle se sourit.

Le chien faisait fête à Madame Verschueren: «Ce vieux Max, dit-elle, on dirait qu'il me reconnaît!... Ah! Suzanne, vous avez bonne mine, enfant! Dommage que grand-mère ne puisse vous voir ainsi! Vous étiez sa préférée, Suzanne, j'en étais parfois jalouse. Petite princesse! disait-elle. Et comment va votre petit cœur, Suzanne?

Suzanne répondit qu'elle n'avait pas d'affaires de cœur; alors sa tante l'interrogea sur ses projets de voyages, et la jeune fille lui expliqua que sa profession de

« Dyckgraef » par intérim l'absorbait trop, pour qu'elle pût songer à s'absenter. Ainsi, aujourd'hui, un télégramme d'Ostende l'avisait d'une forte marée vers quatre heures, elle irait à la petite digue du Windriet. Le talus était solide, il n'y avait pas de danger de rupture, mais ce serait un bien beau spectacle.

— Irez-vous avec Triphon? demanda la dame d'un ton si anxieux que Suzanne en fut mal à l'aise.

— Non, ma tante, Triphon est aujourd'hui à la vannerie Verbeeck pour y essayer une machine à écorcer l'osier.

Madame Verschueren allait encore parler, mais Suzanne craignant la question de la « cuisine » détourna précipitamment l'entretien:

— Comment va Maria? à quand la noce? et Cécile? Je crois que Monne a un penchant pour elle!

— Suzanne, il vaudrait mieux que vous épousiez Monne. Il serait comte des digues, et c'est vous qui feriez ce travail que vous aimez pendant qu'il continuerait sa brasserie. Votre ménage prospèrerait vite. Vous prendriez une auto. Pas trop d'enfants. Tous les dimanches s'amuser à Bruxelles! Monne est un bon garçon.

Suzanne écoutait, tentée. Puis elle se souvint de Monne buvant en bras de chemise, la face suante, et bedonnant déjà, le jour de leur excursion en bicyclette, quand il lui avait proposé la même chose.

— Non, ma tante, dit-elle, on ne peut pas épouser quelqu'un qui ne plaît pas vraiment.

— Suzanne, vous finirez par prendre Triphon, si vous vous enterrez ici!

Mais Suzanne répondit violemment qu'elle préférerait rester fille, qu'elle était contente ainsi, et qu'elle ne comprenait pas pourquoi on voulait absolument la marier.

Madame Verschueren, un peu rassurée, lui parla alors du prix des briques, de leur fabrication mécanique, et de l'exportation en Amérique qui rapportait énormément.

Suzanne s'intéressait à cela comme à tout ce qui touchait l'Escaut et les grappes de richesses attachées à ses bords.

La tante partit satisfaite, vers deux heures. Au moment de quitter Suzanne, elle lui demanda à qui appartenait le schorre de Madame Zoetens, au Windriet.

— A l'un de ses neveux, un monsieur Larix, le connaissez-vous tante? un grand, maigre...

— C'est un demi-toqué, répondit la bonne dame, il se promène en toute saison par les sentiers et les digues, vêtu comme un ouvrier. Ce schorre a-t-il de la valeur?

— Certainement, ma tante, le prix des prés d'alluvion a beaucoup monté.

— S'il vend, achetez-le, Suzanne.

— Il m'a dit qu'il désire le garder.

Madame Verschueren conseilla à Suzanne de décourager Larix. Celui-ci n'y connaissait rien. Il fallait lui dire qu'il serait volé pour ses récoltes, que l'entretien des fossés absorberait tout le rapport des foins, que les frais de réparations des digues s'élevaient à de fortes sommes...

— Mais, ma tante, interrompit Suzanne, vous savez bien que c'est l'association des digues qui fait les frais, chaque propriétaire ne doit verser que sa cotisation annuelle.

— Il ignore cela, Suzanne! Croyez-moi, vous possédez encore des actions des Aciéries de la Durme? Vendez-les. Achetez le Windriet. Maman l'aurait fait... Il complète admirablement votre bien ma chère. Il y a là un avenir de terrain industriel. L'eau y est profonde.

Suzanne songeait aux yeux affectueux de Larix et aux dernières paroles de son père: *Je n'ai jamais trompé personne*.

MARÉES

Suzanne mit un jersey de laine et partit tête nue afin de mieux jouir du vent ensoleillé.

En contrebas de grandes digues, l'osier vigoureux se dressait dans un sol lourd, drainé par les fossés boueux où pataugeaient des canards blancs; elle escalada le talus herbeux, et aussitôt un vent large et brillant pénétra ses vêtements, s'enroula à ses bras nus et joua dans sa chevelure. La marée montait, l'Escaut, à courtes vagues drues, bousculait les roseaux près des diguettes.

Suzanne marchait allégrement vers l'amont, poussée par la brise, précédée par son ombre, tirée par ses cheveux, suivie par son chien. Ah! l'odeur du fleuve! Le vent et la marée communiquaient à la jeune fille une sorte de griserie semblable à l'amour. Elle ne pensait à rien. Elle était un corps jeune sous le vent d'azur. A l'heure de la marée haute, elle arriva au *schorre* de Larix. Elle s'arrêta sur la diguette onduleuse; l'eau clapotait en affleurant le sentier. Une grenouille se sauva sous les pieds de Suzanne. Elle pensa à la briqueterie, à sa main dans l'eau: l'anneau de fiançailles avec l'eau, le cercle froid au poignet, la larme dans sa main... Elle rit joyeusement et déboutonna son jersey. Le vent dur et pur glissa le long de son corps: «Mon cœur à l'Escaut!» En même temps, elle se moquait d'elle-même, éprouvant un peu de honte de cet accès de lyrisme. Une personne qui fait une chute ridicule regarde autour d'elle, en se relevant, pour s'assurer que personne ne l'a vue en sotte posture; ainsi

Suzanne, jersey défait, offrant son âme à l'Escaut, jeta un hâtif regard. Elle vit, dans la direction du Weert, une silhouette d'homme marchant à grands pas et reconnut joyeusement Larix. La marée montait toujours. Larix avait aperçu la jeune fille, il l'aborda montre en main, et, comme si elle en eut été responsable:

— Votre Escaut est inexact, dit-il. J'ai relevé l'heure de la marée haute à Ostende. Vous m'aviez dit: cinq heures après, elle arrive au Windriet. Il est cinq heures et vingt minutes, elle devrait baisser depuis un gros quart d'heure.

— C'est le vent qui la pousse et la soutient, s'écria Suzanne très excitée. L'eau va déborder la diguette, voyez! Ah! votre locataire a de la chance que ses foins soient rentrés!

En effet, aux endroits légèrement infléchis, où la digue d'été rejoignait la grande digue, l'eau, à filets légers, coulait déjà dans le pré.

— Ah, bah? dit Larix, et nous, alors, nous sommes pris ici?

— Ce n'est pas bien dangereux. Les digues sont durcies, l'été. Ces grosses marées ne sont mauvaises qu'après les pluies et quand les taupes les ont trouées. Maïs pour ne pas nous mouiller, installons-nous dans votre gros saule.

Le tronc, large et court, se divisait au sommet, formant un double siège où se hissèrent les jeunes gens, mais le malheureux chien de Suzanne, détestant l'eau, pataugeait tout autour, jappant et pleurant.

Suzanne, penchée, tâchait de le saisir par le collier: «Allons, Max! saute, Max! courage Max! Houp! nous y sommes, pauvre vieux Max, va!»

Larix, à califourchon sur sa demi-tête de saule, riait: «Merci comtesse! je m'appelle aussi Max! Vous parlez le français à votre chien? à moi aussi, si vous voulez: aux deux Max. A la maison, mes parents ont toujours mêlé le français et le flamand...»

Suzanne se mit à rire; elle expliqua que son arrière-grand-père était venu de Gascogne à la suite de Dumouriez. Quoiqu'ayant épousé une flamande, il avait continué à parler le français à ses chiens, imité par le grand-père, bourgmestre, puis par M. Jules, et enfin par Suzanne, qui possédait le vocabulaire complet du «parler-chien». D'ailleurs, on était abonné depuis cent ans à l'*Indépendance Belge,* dans la maison Briat.

— l'*Indépendance* et le chien, railla Larix, et à votre père, que parliez-vous?

— Flamand... français..., elle réfléchit... c'est-à-dire, pour les choses habituelles, flamand, pour les autres, français.

— Mais quelles autres?

— Par exemple, pour dire... qu'une chose est belle! mon père m'a appris à aimer l'eau, la terre et le vent, monsieur Larix.

— Moi, répondit Larix, je n'ai qu'une petite maman, si maladive, si douce!

— Mon père, continua Suzanne, je ne l'ai jamais quitté. Il m'a appris lui-même à lire et à écrire... et la grammaire française et l'orthographe... il m'a dicté tout le Télémaque!...

— Ah vraiment? Oui, maman parle aussi du «Télémaque». C'était autrefois la mode dans nos villages, je crois. Et... vous aimiez cela?

— Oui, c'était bien doux, ce printemps éternel qui bordait son île. Cela me faisait penser à du muguet. Et ces personnages si polis et si batailleurs. Quand je rêve à voyager, je voudrais voir l'île de Calypso et Brives-la-Gaillarde, à cause de l'arrière-grand-père. Ah voyez! votre schorre s'inonde. Il faudra ouvrir l'écluse à marée basse. Votre locataire s'en avisera bien...

Larix lui demanda si elle aimerait à vivre dans un printemps éternel?

Elle s'écria que non, rien ne lui semblait plus beau que le changement perpétuel des saisons, et la neige, la glace, la pluie et le vent auxquels succède le printemps.

Le jeune homme se mit à chanter:

J'ai pu revoir les glaces fuyant les champs,
Et la neige muée en torrents...

et il continua jusqu'au bout, le tendre lied de Grieg.

Suzanne écoutait cette voix d'un timbre si juste, mais les paroles, plus que la musique, pénétraient dans son cœur. Quand le chanteur se tut, elle ne parla pas, les yeux pensivement fixés sur les courants du fleuve.

— A quoi rêvez-vous ainsi, mademoiselle? dit doucement Larix.

— Je pensais...

Mais elle ne parvenait pas à formuler sa pensée. C'était trop difficile, elle n'avait jamais essayé. Ses émotions étaient toujours restées à une place silencieuse et sensible du cœur. Son père et elle ne s'en étaient jamais dit plus que «comme c'est beau, père? Ah! oui, Zanneke! Ah voyez le soleil et la neige, père!»

— Je pensais... répéta Suzanne, que... je serais heureuse de rester au Weert... enfin, ne croyez-vous pas, que quand on aime beaucoup, beaucoup son métier, et le mien c'est tout cela... (elle montrait les digues, l'Escaut, les oseraies). Ne croyez-vous pas qu'alors on ne s'attriste jamais d'être seule?

— Cela peut remplir une vie d'homme, dit-il, mais pas une vie de femme. A une femme, il faut l'amour et les enfants.

Elle éprouva une gêne légère, comme lorsqu'elle avait ouvert son jersey pour sentir le vent sur son corps. Elle venait, pour la première fois, d'ouvrir sa pensée, et le mot *amour* lui était envoyé. Elle détourna la conversation et s'écria que la marée était étale, expliquant comment elle voyait cela à certains remous.

En effet, malgré le froncement irrité des mille petites vagues agrippées, la marée recula bientôt, découvrant les sentiers boueux.

Max le chien crotté, Max l'homme débraillé, accompagnèrent Suzanne, le long des digues.

— Je suis mouillé, dit Larix en montrant ses légères chaussures, il faut que je me sèche. Y a-t-il un estaminet aux environs?

— Venez chez moi, dit Suzanne, je vous donnerai des souliers de père, et je vous expliquerai le règlement des digues et de l'association des propriétaires, dont vous faites partie maintenant, comme *petit Gelande*; pour être *grand Gelande*, il faut trois fois plus de terre que vous n'en possédez!

— Je voterai pour vous, mademoiselle, déclara Larix. Je ne veux qu'une comtesse des digues, point de comte!

Suzanne haussa légèrement les épaules:

— Nous goûterons en rentrant, dit-elle, il ne faisait pas chaud dans notre arbre.

GOÛTER

Joke leur servit du café, des tartines, du pain d'épice. Ils parlèrent des gelées de l'hiver passé, de la région des digues entre l'Escaut et Durme, que Suzanne aimait et où Larix s'était promené; du printemps hâtif de cette année; et Suzanne demanda les paroles de la chanson que Larix avait chantée dans le saule.

— C'est, répondit-il, une chanson norvégienne traduite en flamand. J'ai suivi des cours de chant au Conservatoire. Je suis membre de la Chorale Cécilia d'Anvers. Donnez-moi du papier, que j'inscrive ces paroles que vous aimez. Puis je chanterai encore.

Pendant qu'il écrivait, le silence tomba dans la vieille salle. Le regard de Suzanne errait distraitement parmi tous ces objets familiers; la gravure ancienne représentant Dumouriez à cheval, la photographie de son grand-père, «agrandissement» offert par le Conseil communal du Weert; les meubles en acajou, le tapis en moquette, et, au milieu de tout cela, cet étranger, ce Larix, avec sa figure maigre, si différente du beau visage de Triphon.

Larix lui tendit son papier, et gaiement: «Voilà les paroles, comtesse, et voici la musique.» Il chanta de sa voix douce et juste. Suzanne l'écoutait de tout son cœur. Les paroles la touchèrent de nouveau; elle trouva pourquoi, et quand Larix se tut, elle le dit. C'était la première fois qu'elle parvenait à formuler son émotion. Elle parla lentement en cherchant ses mots: «Je pense, en vous écoutant, à la dernière promenade de père, au début de mars. Il marchait bien difficilement; nous sommes pourtant allés jusqu'à la digue. Il me disait qu'il voulait revoir encore une fois l'Escaut. C'était comme dans la chanson que vous venez de chanter (elle regarda le papier qu'elle tenait en main): «*Des rayons brillants dansaient sur les collines du renouveau.*» Père ne disait pas de ces choses-là, mais je sais bien qu'il les sentait. Moi aussi je les sentais, mais il n'y a pas longtemps... que je m'en rends compte».

Larix la regarda avec intérêt et lui dit qu'à présent elle jouirait encore davantage des beautés du pays. Mais comment s'était-elle aperçue de cet amour pour l'eau et pour les digues?

— Quand père est mort, je me suis dit: Un an! je me donne un an pour arranger mes affaires, puis je m'en irai. Il y a de cela trois mois, et j'ai compris maintenant que mon père et le pays, je les aimais l'un par l'autre, et je crois que je ne pourrai plus partir...

— Et pourtant, vous souffrez à l'idée de rester ici pour toujours?

— Oui. Père y a vécu, il y est mort; grand-mère aussi. Et... y ont-ils jamais trouvé l'*asile heureux* dont parle votre chanson?

— S'ils y ont trouvé l'amour, oui. Cette question d'«asile heureux» a été discutée au Conservatoire pour l'interprétation de la chanson. L'asile heureux, c'est là où l'on a trouvé l'amour. Moi, si je n'avais pas une mère maladive, je serais parti loin, au loin. Il n'est plus d'asile heureux pour moi. Je... j'ai perdu celle qui pouvait me le donner...» Ici Larix se reprit et ajouta vivement: «Montrez-moi maintenant mon catéchisme de membre du conseil des digues.»

Les digues! Suzanne venait de les oublier. Elle éprouvait une désagréable sensation à cause des quelques mots de Larix: «J'ai perdu celle qui pouvait me le donner.»

Elle prit le règlement des digues et commença:

La direction de chaque polder, nommée à la majorité de l'assemblée générale des propriétaires, se composera, pour les polders intérieurs d'un Dyckgraef, *d'un juré et d'un receveur greffier...*

— Et qu'appelez-vous un *polder*, comtesse?

— C'est un ensemble, un système de digues et d'écluses, de terres prises sur le fleuve.

La jeune fille prit une brochure et lut:

Dès le VIIe *siècle, on tenta de conquérir les terres submergées. Mais ceci donnait lieu à tant de contestations que les Comtes de Flandre organisèrent ces associations de propriétaires ou «polders». L'ensemble des coutumes fut réglementé définitivement sous l'Empire.*

Larix demanda encore ce qui constituait, à proprement parler, un *schorre*.

— C'est, dit Suzanne, le terrain d'alluvion que seules les fortes marées recouvrent. Il devient propriété privée par l'endiguement. Même si la digue qui l'entoure est une simple digue d'été; c'est le cas de votre schorre, monsieur Larix.

Et elle reprit sa lecture:

L'assemblée générale a lieu en mars ou avril...

— Comtesse, dit Larix en prenant congé, comtesse des digues, vous l'êtes de fait. Je mènerai une campagne électorale pour vous. Il faut que vous le soyez de droit.

Elle secouait la tête; elle avait bien envie, oui, mais elle ne savait si elle pourrait...

— Je suppose d'ailleurs, continua Larix, que ce grand jeune homme blond nommé Triphon vous aide à diriger tout cela?

Suzanne rougit et, vexée de rougir, rougit plus encore et dit précipitamment:

— Oh! il s'y connaît très bien; c'est Père qui le lui a appris, voyez-vous...

Larix la regarda, comme s'il eût voulu dire quelque chose encore, mais il se tut et partit.

TRIPHON

Triphon rentra au moment où Suzanne finissait de souper. Il vint la trouver dans la salle; elle lui vit un visage altéré et pensa que Jo lui avait déjà appris la longue visite de Larix.

— Eh bien! dit-elle vivement, avez-vous examiné la machine à écorcer?

— Oui, mademoiselle Suzanne, elle ne rend pas. Verbeeck dit que l'écorçage à la main est meilleur marché... mais... mais il m'a parlé d'autre chose.

— Quoi, Triphon?

Il s'expliqua rapidement, d'un ton monotone. Un correspondant anglais de Verbeeck demandait un homme au courant de la culture de l'osier pour tenter des plantations d'osier flamand dans les basses terres d'Ecosse et Verbeeck proposait à Triphon d'y aller.

— Oh! s'écria Suzanne, et elle eut une sensation d'isolement, d'appauvrissement.

Triphon s'aperçut de cet émoi et son visage s'éclaira:

— Il m'a dit qu'il y a là un bel avenir pour moi, qui... n'en ai pas ici... Qu'en pensez-vous?

— Triphon... certainement... il faut partir. Est-ce un long engagement?

Elle balbutiait, car, tout en parlant, elle pensait tumultueusement: «Mais... cela arrangerait tout, peut-être! Il reviendrait tout éduqué... peut-être... et les gens oublieraient qu'il a été au service de père, et...»

— Si la culture réussit, continua Triphon, cela pourrait

être définitif; mais je préférerais revenir, et cela dépend de vous... Je reviendrai quand, quand... je ne serai pas... quand je serai un *monsieur*.

Ils tremblaient tous les deux.

— Je ne sais pas, balbutia Suzanne, mais quand partirez-vous?

— Si j'accepte, ce sera tout de suite. Une journée à la vannerie pour m'entendre avec Verbeeck sur les achats et les envois des plants et le bateau après-demain.

— Oh! Triphon... acceptez, il faut accepter! C'est une occasion unique pour vous d'arriver à une belle position!

— Mais comment ferez-vous, Zelle Zane? Qui me remplacera pour toute la besogne?

— Je... Oh... je prendrai quelqu'un. Et je m'y connais assez pour diriger moi-même. Oui, il faut partir, Triphon!

— Zelle Suzanne, n'aurez-vous pas un mot d'amitié pour moi avant que je retourne chez Verbeeck, ce soir encore, dire que j'accepte?

— J'espère que... vous réussirez, Triphon.

— Ce n'est pas cela... — Il eut une sorte de sanglot contenu. — Ah! Suzanne, quand vous aviez quatorze ans, je ne disais pas «mademoiselle»; c'était Zanneke, comme votre père, Zanneke. Et je vous admirais déjà tant! Et depuis, pas un seul jour que je n'aie infiniment désiré un baiser! Rien qu'une fois... Zanneke! Donnez-moi un seul baiser avant que je ne parte pour si longtemps... Et vous ne me promettez rien, rien. Une fois, un seul baiser, Zanneke!

A ce tendre nom que lui donnait son père, presque machinalement, sans rien dire, Suzanne lui tendit la joue; mais il lui prit violemment les lèvres, comme quelqu'un qui meurt de soif.

Ah! oui... les baisers du soleil... les baisers du vent, de l'air, les fiançailles avec l'Escaut... ce baiser, le premier que Suzanne reçut, lui causa un trouble semblable à la révélation de l'amour, un trouble si puissant que tout à coup elle repoussa violemment le jeune homme et éclata en pleurs.

Triphon, bouleversé, se collait, haletant à la porte et ne disait plus rien. Suzanne tamponnait ses yeux. Puis ils entendirent les sabots de Joke dans le corridor et se ressaisirent.

— Triphon... partez... partez!

Joke apportait de la vaisselle qu'elle rangea dans l'armoire. Triphon sortit. Elle vit les yeux rouges de Suzanne.

— Et quoi? interrogea-t-elle.

— Il part... dit Suzanne, et elle lui expliqua la proposition de Verbeeck.

— Bien... dit placidement Jo; je pense qu'il était temps. Vous ne pouviez tout de même pas l'épouser, n'est-ce pas?

BARQUE

Suzanne partit de grand matin en barque pour «calmer ses nerfs et réfléchir». Elle rama jusqu'au banc de sable et mit l'ancre. Elle s'étendit sur le dos, au fond du canot, les coudes écartés, les mains sous la nuque. L'esquif se balançait. Elle sentait la respiration du courant, les pulsations de la marée. Au-dessus d'elle, le ciel foncé du solstice d'été. Le vent, encore large et impatient, lui lançait des bouffées chargées de l'odeur des foins. Son optimisme lui revint: il valait mieux que Triphon partît. S'il revenait *monsieur*, tant mieux, on verrait... puisqu'il n'avait exigé aucune promesse. Et Larix? Il avait aimé quelqu'un qu'il avait perdu. Eh! tant mieux pour elle, Suzanne. Ce serait un bon camarade, sans danger d'*histoires*. Elle le verrait souvent. Elle l'emmènerait en barque. Quel charmant garçon... Un demi-toqué, dit tante Brique... Bah! Suzanne allait se laisser vivre ainsi, sans inquiétude, sans complications. Naviguer les beaux mois de juillet et d'août. Après, elle s'occuperait de l'osier. Certes, il faudrait veiller aux irrigations et aux digues. Puis l'hiver. Elle espérait un hiver froid. Elle parcourrait à son aise les glaçons rejetés aux rives. Elle inspecterait les crevasses au flanc des digues, souvent blessées par les glaces. Et tous les beaux oiseaux que l'on voit quand il a gelé fort! Les mouettes, les canards, parfois même des grèbes et des oies... En 1917, il y avait eu des cygnes... Elle n'avait que neuf ans, mais elle s'en souvenait bien; son père les lui avait montrés... Puis viendrait la débâcle;

c'est alors qu'il s'agit de veiller aux digues!

A ce moment de sa rêverie, un héron passa très bas. Suzanne, au bruit d'ailes, écarta le mouchoir qu'elle avait posé sur son visage pour se préserver du soleil trop vertical. Le vent le rabattit soudain et le coin lui frappa les lèvres. Elle se redressa si brusquement que la barque oscilla... Le baiser! le baiser de Triphon? Comment avait-elle pu l'ôter de son souvenir? Est-ce qu'il ne l'engageait pas? Mon Dieu! pourquoi jamais, jamais son père ne lui avait-il parlé d'autre chose que des digues et du pays? Et sa grand-mère? Les conseils de grand-mère: «Attention, Zanneke, vous êtes fille unique. Vous hériterez d'une pomme entière qu'il ne faut point partager. Gare aux garçons du village qui, eux, ne possèdent pas même une pomme de terre et qui voudraient bien la moitié de votre belle pomme.»

Mais ce baiser, Triphon l'avait pris par surprise et... oh! la sensation de ces lèvres!... Mais si... si... Larix, par exemple? Si elle l'aimait, devrait-elle lui avouer ce baiser-là? Elle se mit à ramer et s'efforça de penser à autre chose. Eh bien! elle irait chez Susse et lui demanderait de l'aider à chercher un contremaître en remplacement de Triphon.

Suzanne trouva la femme du passeur dans une grande agitation: la fille de Termonde avait cessé, depuis deux mois, de payer la pension de l'enfant. Finne, après avoir patienté, avait demandé à quelqu'un de Termonde de s'informer. Or la fille avait quitté son service depuis trois semaines et les patrons ignoraient où elle se trouvait.

— Je dis, conclut Finne, que je ne puis garder la petite. Je n'ai pas de quoi. Mais je ne puis la jeter à la rue, pauvre agneau! Et que faire, zelle Zanne? Ça n'arrive qu'à moi, ces choses. J'élève un bébé pour gagner quelques sous, et voilà qu'il m'en coûtera!

La jeune fille, assez au courant des questions administratives, conseilla d'aviser la maison communale. Si la mère de l'enfant ne se retrouvait pas, il serait envoyé à l'orphelinat d'Anvers, à moins que la commune ne paie Finne pour l'élever.

— Pauvre créature innocente! s'apitoya Finne; je l'aime bien, allez, zelle. On le soigne, alors on s'y attache. Mais je ne puis le garder pour rien.

Suzanne regardait pensivement le poupon. C'était une assez belle petite fille de six ou sept mois. La tête encrassée, la figure malpropre, dans un berceau sale. Une tétine lui gonflait la bouche. Mais le lait des chèvres de Finne avait formé malgré tout un beau petit corps solide et rose.

«Peut-être, pensa Suzanne, pourrai-je payer les mois de cette pauvre petite et m'en occuper un peu...»

— Susse, dit-elle soudain, savez-vous que Triphon part pour l'Angleterre? Il va chez un correspondant de Verbeeck qui demande un homme au courant de la culture de l'osier.

Susse répondit lentement, tirant une bouffée de fumée entre chaque phrase. Triphon était l'homme qu'il fallait, car il connaissait tout ce qui concerne l'osier, ayant fait lui-même tous ces travaux, depuis les drainages, la préparation des terres, le choix des plants, jusqu'à l'émondage des peupliers du Canada que l'on plante autour des oseraies pour retenir le sol au bord des fossés.

Finne se répandait en exclamations:

— Dieu et Seigneur, mademoiselle, que dites-vous là? Et qu'allez-vous faire vous-même? Qui remplacera Triphon?

Suzanne dit qu'elle voulait précisément demander à Susse de l'aider à trouver quelqu'un.

— Peut-être, Zelle... mais... ce serait-il pour longtemps? Car si Triphon revient et...

— Oh! un bon ouvrier à mes ordres suffira, interrompit-elle hâtivement.

— Alors... peut-être... oui. L'émondeur de Branst.

C'est un vieux qui ne travaille plus beaucoup, mais il est honnête et pourra surveiller. Il faudra pourtant lui promettre de le garder à votre service même si Triphon... revient. Sinon, il ne renoncera pas à son gagne-pain actuel.

Suzanne répondit que cet homme pourrait probablement lui convenir. Elle le connaissait. Elle demanda à Susse de le lui envoyer aussitôt qu'il pourrait.

En rentrant au village, elle sentit, dépitée, combien le départ de Triphon la troublait, malgré tous ses beaux raisonnements en bateau. Ce soir, sans doute, il lui dirait adieu. Demanderait-il encore un baiser, avec des yeux suppliants et le coin de la lèvre tremblant?

L'image de Triphon l'obsédait; elle se l'imaginait sans cesse à ses côtés: ses lourds souliers d'ouvrier, ses houseaux boueux sur lesquels bouffait le pantalon de velours brun, sa veste dont le velours roussissait aux épaules, comme la terre aux renflements des sillons, la chemise de flanelle à rayures grises, que fermait un bouton de cuivre, et la casquette déteinte sur la tête blonde, et les dures mains aux ongles usés. Oui, fort et puissant comme le sol même des bords de l'Escaut. Les lèvres de Suzanne se souvenaient impitoyablement du baiser. Elle se dit que le vent et le soleil ne lui suffiraient plus et que quelque chose en elle était déchaîné.

Son cœur battait fort en ouvrant la porte de la cuisine. Triphon n'était pas rentré. Joke dit rapidement, à mi-voix:

— Zelle Suzanne, le Knie vous attend dans la cour. Il veut entrer à votre service. Il prétend s'y connaître aux digues et aux oseraies parce qu'il est toujours en chemin... Ne l'acceptez point.

— Je n'aurais garde!

— Ce drôle, avec tout son bagoût, n'a même pas tout son bon sens. Mais refusez-le en douceur, Suzanne; dites-lui que vous regrettez... que vous avez quelqu'un. Il peut faire du mal avec sa langue, allez. Tout le monde se moque de lui, mais au fond on le craint. Il sait des choses…

Le petit homme pouilleux entra, ayant aperçu Suzanne.

— Zelle Briat, si Triphon part, je m'offre à votre service… J'aime aussi à me promener… Je puis me promener tout le long du jour sans fatigue. Je ferai cela à bon compte si je puis m'installer avec notre Egide dans la chambre que Triphon va quitter; je commencerai de suite et…

Suzanne l'interrompit:

— Vous venez trop tard, Knie; je crois avoir trouvé quelqu'un. Si j'ai besoin de vous, je vous préviendrai. Salut, Knie…

La jeune fille rentra, tandis que Jo, les poings sur les hanches, apostrophait le sorcier:

— Etes-vous fou de demander cette place-là? Cela vous conviendrait comme la pluie à la kermesse! Il faut un travailleur régulier à Mlle Zanne, et pas vous qui courez de la vache de l'un au cheval de l'autre…

Le vieux, sans se troubler, désigna du doigt la porte et dit:

— Et celle-là? N'a pas besoin d'être fière, hein! maintenant que le beau Triphon la lâche, comme il lâche les autres.

— Ferme ta gueule, vieux diable! riposta Jo, furieuse.

Mais elle lui servit tout de même un verre de bière pour l'amadouer.

ADIEUX

Suzanne soupait. Jo lui apporta du lait battu cuit au riz, où la jeune fille mit de la mélasse. Celle-ci, s'écoulant de la cuiller, s'étire en un mince filet, et Suzanne avait l'habitude enfantine de tracer ainsi dans son assiette des 8, des fleurs, des zig-zag. Cette fois, elle forma d'étranges lignes brisées et s'aperçut ainsi qu'elle tremblait. « Eh bien ! se dit-elle, est-ce que je vais être si sotte ?... » Elle entendit enfin le grelot du vélo de Triphon dans le jardin, et, par la fenêtre, elle l'entrevit portant un gros paquet. Il entra dans la vieille écurie. Elle se dit qu'il portait des emplettes à sa chambre et s'efforça de continuer son repas. Elle prit encore de la viande fumée, du fromage blanc, des fraises. Le jour baissait doucement. Enfin Triphon sortit de l'écurie ; elle l'entendit dans le corridor, puis il frappa à la porte et entra dans la salle.

Suzanne le regardait, stupéfaite. Etait-ce là ce Triphon hier encore si attrayant ? Celui qui venait à elle, dépoétisé, ressemblait à Monne et aux cousins briquetiers, vêtu d'un complet gris, de souliers de cuir brun clair, tenant un feutre à la main. A la fois déçue et soulagée, la jeune fille sentit que ce monsieur villageois n'obtiendrait aucune faveur d'elle.

— Zelle Zanne, zelle Zanne... je... je... viens vous dire au revoir. Verbeeck assure que chacun en Angleterre prend congé à Noël.

Le jeune homme avait certainement préparé ses paroles, mais, la gorge serrée, il balbutiait un peu.

— Et à Noël, si... si...

Il s'interrompit encore, regardant machinalement ses souliers.

— Zanneke, est-ce que vous ne serez pas encore mariée à Noël?

Ni sa voix ni son visage n'étaient changés. Suzanne évitait de le regarder. Elle tourna les yeux vers la fenêtre où bleuissait le jardin et elle répondit:

— Oh! cela, non! Je suis très certaine que non!

Elle ne pensa même pas à demander à Triphon: «Et vous, Triphon?» Elle était tellement sûre de lui!

Elle lui tendit la main et lui souhaita un heureux voyage et une bonne réussite. Le monsieur de village en costume gris, qui ne ressemblait plus au sol de l'Escaut, dit encore: «A Noël!» et partit.

LES CHÈVRES

Les jours qui suivirent le départ de Triphon, Suzanne fut très occupée. Les digues, blessées par la grande marée de juin, nécessitèrent une inspection minutieuse et de nombreuses réparations. Sous le soleil de juillet, accompagnée du directeur des travaux, Suzanne indiquait les places endommagées. Des ouvriers, la chemise collée de sueur, arrachaient à grand-peine la forte terre des prés. Suzanne, comme «Dyckgraef», était garante que cette terre serait prise au lieu le plus rapproché des travaux. Dès qu'un endroit faible était raffermi, le groupe se déplaçait et le travail reprenait plus loin.

Suzanne travailla quinze jours ainsi, sur tout le réseau de digues confié à ses soins. Son visage se hâlait, ses bras étaient tatoués de coups de soleil, mais il lui fallait bien suffire à la besogne. Le contremaître envoyé par Susse devait être mis au courant. Chaque soir, Suzanne tenait minutieusement les comptes des digues: nombre d'ouvriers, heures de travail, places réparées. Tout le polder paie solidairement. Le nom de Larix figurait maintenant dans le registre. Elle s'endormait harassée. Lorsqu'elle apercevait quelque grand ouvrier blond, elle pensait à Triphon.

Celui-ci envoyait des cartes illustrées; l'une à son arrivée; son voyage avait été agréable et un correspondant de Verbeeck l'avait conduit au village de Basse-Ecosse où l'attendait le gros propriétaire, son patron. Bientôt vint une seconde carte, toute réjouie, annonçant qu'il était reçu comme un frère; la femme du patron était flamande, mariée pendant la guerre. Enfin, le pauvre garçon, tout fier de nouveaux vêtements anglais, s'était fait photographier au village. Il envoyait à Suzanne une gauche effigie de *lad* où plus rien ne demeurait du beau Triphon scaldien, du hardi émondeur de peuplier, du franc marinier, du souple coupeur d'osier. Suzanne, déçue, ne répondit que quelques mots indifférents.

Un soir, Joke accourut dans la salle:

— Zelle Zane, donnez-moi un coup de main! La chèvre souffre; le chevreau ne peut naître; c'est son premier, vous savez. Nous avions trop de chance: une chèvre en juillet, l'autre en mars, c'est du lait toute l'année. Pourvu qu'il n'y ait pas d'accident: une bête de deux ans!

Dans la petite étable, la chèvre, debout, haletait, avec, de temps en temps, de rauques bêlements. Elle sautait ou se laissait choir lorsque Jo voulait saisir le chevreau dont elle n'avait plus la force de se débarrasser elle-même.

— Maintenez la chèvre, maintenez-la ferme, répétait Joke.

Suzanne, penchée, prit à bras le corps la pauvre bête dont la tête reposa sur son épaule. La vieille femme put enfin la délivrer; elle poussa un affreux bêlement, puis le chevreau tomba dans la litière. Joke l'essuya rapidement.

— Il n'y en a qu'un, je pense, Zanne, mais qu'il est beau!... Et c'est une chevrette! Vite, passez-moi le sel et la terrine pour traire... Nous lui donnerons son chevreau à lécher, Suzanne, pour la calmer; elle est à bout de forces...

Jo tirait le lait avec prudence:

— Il y en a trop pour le petit; nous le ferons boire à la mère.

Elle but avec avidité, puis se remit à lécher le chevreau. Celui-ci bêlait faiblement; la mère lui répondait d'une voix nouvelle, où il y avait une intonation si profonde, si éperdue de bonheur, que Suzanne sentit un frisson monter en elle. Elle songea à un petit enfant.

Jamais encore, habitude, pudeur, elle n'avait assisté ainsi à la naissance d'un être. Triphon était toujours prêt à aider Joke.

La jeune fille sortit de l'étable. Elle s'arrêta dans le courtil. La nuit d'été, immobile et splendide, portait d'obscures senteurs d'herbages mouillés. « Marée haute », songea Suzanne.

Marée haute !... Mais les digues étaient réparées. Et en elle ? Ah ! en elle, depuis trois mois, tant de taupes avaient travaillé, tant d'émois avaient passé !

MARIEKE VERSCHUEREN

Suzanne détachait son canot lorsque Susse lui cria que quelqu'un la demandait. Elle aperçut bientôt, à sa grande surprise, sa cousine Maria, à bicyclette, qui lui faisait signe. Suzanne remonta; Maria semblait très agitée.

— Qu'y a-t-il? demanda Suzanne; ma tante?...

— Non, non... Attends-moi, je te raconterai. Emmène-moi. Que je mette mon vélo chez Susse.

Près de la maison du passeur, elles rencontrèrent le Knie. Il toucha du doigt sa casquette dont la visière lui tombait sur l'oreille. Il ricana:

— Eh bien! Eh bien! à quand les tonneaux de bière pour les noces?

— A qui demandez-vous cela? répondit sèchement Maria.

Il désigna Suzanne:

— Mais à elle, à elle; on peut toujours revenir d'Angleterre, n'est-ce pas?

Suzanne rougit de colère, haussa les épaules et entraîna rapidement sa cousine vers la barque. Elle voulait naviguer à voile ce jour-là. Le temps bleu, orné de nuages ronds, favorisait son projet. Elle dressa le mât, plaça le foc et monta la voile.

Le bateau filait doucement vers l'amont, avec la marée montante. Les saules et les canadas, sur les rives herbues et basses, tremblaient dans la chaleur d'août. Suzanne tenait en main l'écoute, prête à donner du jeu si le vent fraîchissait. Maria se taisait; la navigation rendait toute conversation difficile. On jetterait l'ancre bientôt, dans les roseaux.

— Peux-tu passer la journée? cria Suzanne.

Maria fit signe que oui. Suzanne, étonnée, regardait cette cousine presque inconnue. C'était une forte fille un peu trop haute en couleurs, aux traits irréguliers; une bouche trop grande sur des dents superbes; de beaux yeux passionnés; ils étaient rouges; elle devait avoir beaucoup pleuré.

«Une querelle avec son Amand», se dit Suzanne, et elle avait l'âme si simple qu'elle ne pensa même pas au jeu de mots auquel prête le prénom d'Amand, si répandu dans les Flandres.

Suzanne, très intriguée, avait hâte d'écouter les confidences de Maria; elle devinait, à l'air concentré de sa cousine, que celle-ci préparait dans son esprit un récit qui jaillirait d'un trait, comme la flèche part de l'arc. La navigation à voile la comblait d'habitude au point de ne penser à rien d'autre, et de se sentir si curieuse, elle s'impatientait contre elle-même. «Encore une taupe, se dit-elle. Dans le temps, j'aurais fait attendre Maria jusqu'au soir.»

Elles dépassèrent la Durme. Près des roseaux qui entourent l'île de Saint-Amand, Suzanne sentit le silence entre elles si tendu qu'elle abattit la voile et jeta l'ancre. Aussitôt, Maria vint s'asseoir près d'elle et lui raconta son histoire d'une voix pressée, passionnée, passant du flamand au français selon les gens et les choses dont elle parlait.

Son mariage, projeté avec Amand van Stratum, n'était qu'une affaire de terre glaise. Les parents du fiancé possédaient de l'argile jouxtant la briqueterie Verschueren. Jamais on n'avait pu s'entendre sur un prix de vente, mais il était convenu que Maria Verschueren épouserait Amand van Stratum. Leurs âges s'accordaient. Amand, quatrième fils, quitterait la briqueterie de ses parents et entrerait dans les affaires Verschueren, où il ferait apport des hectares convoités. Les jeunes gens s'étaient habitués dès l'enfance à se considérer comme fiancés. Elle avait atteint dix-neuf ans, lui vingt-deux; le mariage fut fixé aux Pâques suivantes.

Ici, Maria s'interrompit un instant et son visage se contracta...

— Eh bien? s'écria Suzanne.

— J'ai rompu..., murmura la jeune fille.

Le courant clapotait le long de la barque; on entendait aussi frémir les saules agrippés à cette motte de boue qu'est l'île de Saint-Amand; les deux jeunes filles se taisaient. Derrière elles, la tour de Mariekerke; à leur gauche, le tombeau de Verhaeren. Le cœur de Suzanne lui battait dans la gorge. Elle avait l'intuition que la fin du récit pèserait sur sa propre destinée.

— Alors? dit-elle.

— J'ai appris qu'Amand ne m'aime pas plus que je ne l'aime... Et je sais, maintenant, que moi j'en aime un autre; j'ai écrit à Amand: *Je ne veux plus de vous*. On m'a répété ce qui s'est passé dimanche après la grand-messe au Victoria (c'est un café, tu sais, Suzanne), et j'ai dit à maman que je ne pouvais pas épouser Amand. Elle a répondu qu'il fallait, à cause des arrangements de terre glaise. J'ai dit non, que j'en épouserai un autre, et qui était cet autre. Maman a crié: «Jamais!» et qu'elle n'oserait même pas en parler à père. Alors j'ai dit: «Je m'en vais, je quitte la maison; je reviendrai quand vous me permettrez de l'épouser.» Je n'ai plus regardé maman; elle pleurait. J'ai pris mon vélo; me voici chez toi... Oh! je connais maman; elle a toujours fait tout ce que nous voulions; elle ne saura pas me résister longtemps. Et père?... Quand j'aurai mère pour moi, cela ira aussi.

— Mais qui est-ce? s'écria Suzanne. Qui est-ce?

Cette fois, Maria pâlit. Une sorte de frisson passa sur son visage; ses yeux prirent un air de défi et elle murmura:

— Pol Lemmé.
— Votre contremaître?
Maria fit signe que oui.
— Le fils de la couturière?
Maria éclata:
— Et pourquoi pas? Je n'en veux point d'autre! Il est plus intelligent que mon père et mes frères et Amand ensemble. Tu sais bien que c'est un garçon remarquable. Et qu'il est bon! Fientje, la couturière, a les larmes aux yeux quand elle parle du dévouement de son fils! Et Pol, en outre de son travail chez nous, suit des cours du soir; il étudie le dimanche et il passera un examen d'ingénieur-mécanicien. Sais-tu que si père monte une briqueterie mécanique, il aura besoin de lui plus encore que de l'argile des Van Stratum?
Suzanne ne répondit pas tout de suite; trop de pensées se bousculaient en elle. Ainsi, Maria osait ce qu'elle-même, si fière de son indépendance, n'avait osé. Elle connaissait un peu ce Pol Lemmé et sa mère. Beau garçon, un autre type que Triphon. D'un père campinois, il tenait une figure maigre et fine. Elle se souvenait d'un léger sourire moqueur et d'un regard extraordinairement intelligent.
— Comment est-ce arrivé? Que s'est-il passé au café Victoria? demanda-t-elle.
— Depuis... depuis des années qu'il travaille chez nous, Pol était toujours bien complaisant pour moi, et le jeudi j'allais jouer du côté où il était occupé. Quand il est passé contremaître, il venait souvent au bureau. Tu sais que j'aide père à la comptabilité. J'étais plus intime avec Pol qu'avec mes frères. Pol savait que j'étais destinée à Amand, à cause de la glaise, mais je ne lui avais jamais confié que je n'aimais pas Amand ou, du moins, qu'il m'était indifférent. Un jour, pourtant, il y a trois ans, je m'étais querellée avec Amand; une dispute d'enfants pour une bicyclette cassée. Pol l'avait entendu et le lendemain

il me dit d'une drôle de voix: «Et si on n'est pas gentil pour notre chère Marieke, c'est à moi qu'on aura à faire!»

Elle se tut; elle semblait regarder quelque chose au loin. Suzanne songea qu'elle contemplait Pol en rêve. Dans le silence, la pensée de Suzanne elle-même rebondit vers Triphon. Elle dit presque péniblement:

— Et le café Victoria?

— C'est vrai, répondit Maria avec fermeté. Eh bien! dimanche, ils buvaient là, Amand et Jan (le vieux Jan, décoré pour quarante ans d'emploi à la briqueterie) et Pol et Monne le brasseur (Monne vient à Steendorp le dimanche, il recherche Cécile). Amand a voulu embrasser la fille qui les servait. Tu la connais? la blonde qu'on appelle Stance Victoria. Elle s'est dérobée en disant: «Hélà! monsieur Van Stratum, que dirait Marieke Verschueren? — Marieke? a-t-il répondu, c'est de la terre à brique, ce n'est pas de l'amour. — Pourtant, dit malicieusement Stance, Marieke peut exiger de l'amour!...» Alors (ici Maria rougit profondément) oh! Suzanne, je sais bien que j'ai la bouche trop grande, mais dire cela ainsi, il fallait qu'il fût ivre; il a dit: «Eh! Stance, si Marieke veut cela, qu'elle change sa g...»

— Qui t'a répété cela? s'écria Suzanne.

— Alors, Pol Lemmé a pâli; il a dit: «Si vous dites encore un mot irrespectueux de Mlle Maria Verschueren, je vous casserai la figure!» Jan voulait éviter une bataille; il a entraîné Pol, et Monne a retenu Amand. Tu penses si on a parlé de cela au village! Le lendemain matin, Jan me l'a raconté. Il a de l'amitié pour nous tous qu'il a vus naître. Je suis allée droit chez Pol. Il examinait les dégâts faits aux hangars par la tempête de l'autre jour. Il a lâché son crayon et son calepin en me voyant; il a ôté sa casquette; il s'épongeait le front... Il se demandait si je connaissais l'histoire. J'ai dit: «Alors, c'est mon vieil ami Pol qui prend la défense de sa petite Marieke?»

Et, Suzanne... Oh! Suzanne, il s'est tout à coup mis à

pleurer, ce grand, fort Pol. Il a murmuré: «Marieke! je vous aime plus que tout au monde», et moi qui n'y avais jamais pensé, j'ai répondu d'un élan: «Moi aussi, Pol, je vous aime plus que tout, plus que père et que mère!»

Alors, il m'a serrée dans ses bras... Suzanne! celui qu'on aime vraiment! Amand m'avait souvent pris des baisers... mais Pol! je n'y voyais plus clair et mon âme et ma vie étaient sur mes lèvres. J'ai encore dit: «Je vais rompre tout de suite, et si maman ne veut pas, vous me retrouverez chez Briat. Il me semblait que toi, Suzanne, tu me comprendrais. J'ai écrit à Amand, j'ai eu avec maman la discussion que je t'ai dite, et me voilà!

— Alors, tante sait que tu es chez moi?

— Oui, je m'attends à la voir arriver.

Il y eut un nouveau silence et le clapotis de l'eau et le murmure des peupliers.

— Suzanne, poursuivit Maria, ce fut en moi un tel bouleversement, ce jour-là, que je m'en souviendrai toujours, même de la place où nous nous trouvions: les hangars et leurs tuiles moussues et déchiquetées, et les lattis vides (on ne sèche pas en ce moment), et les flaques d'eau, et la terre grise et verte, et l'odeur de soufre du grand four.

Suzanne ne répondit rien. Elle pensait amèrement à elle-même.

L'EAU QUI NE GÈLE JAMAIS

Elles rentrèrent vers cinq heures.

— Suzanne, je t'en prie, dit Maria, allons, ce soir encore, à la chapelle de Notre-Dame à Luypeghem! Je désire tremper ma main dans l'eau qui ne gèle jamais, afin de me marier bientôt. Oh! Suzanne, tu sais que notre Louise l'a fait, six mois avant d'être fiancée, et Juliette Verschueren, ma cousine, qui avait un chagrin d'amour, cela lui a réussi aussi. Allons-y vite, Suzanne; prête-moi un chapelet!

La région était plane, savoureuse, soumise et maniable. Elles passèrent le long d'enclos où l'on dépouillait les dernières bottes d'osier. Des masses d'écorces rouissaient dans les flaques et les fossés, répandant l'odeur astringente du tanin. Toutes les choses étaient au service des hommes. Les haies d'aubépine, séchoirs pour les écorces; les fossés, les étangs ronds, devenus rouissoirs, et, de plus, on louait la pêche à des messieurs de Bruxelles. Des chèvres, retenues par une longe, broutaient l'herbe aux accotements; des canards fouillaient les mares boueuses; chaque petite maison abritait des pigeons sous le toit, des poules dans la basse-cour; chaque villageois élevait quelques lucratifs lapins à fourrure, se nourrissant de la chair, vendant les peaux; plusieurs, comme Susse le passeur, s'occupaient de canaris chanteurs qu'ils portaient au marché de Malines.

Le moindre lopin drainé verdit en pré; on l'améliore; le voici produisant le trèfle, la pomme de terre. Près de la chapelle de Notre-Dame, une partie plus haute, sablonneuse, était utilisée à la culture de l'asperge. Suzanne vit avec joie qu'on drainait le marécage de Luypeghem. Chacun joignait son apport de fourmi à cette prospérité calculée. La population était maigre, hâlée, robuste, pullulante de marmots nu-pieds et de vieux tordus de rhumatismes. La part d'idéal et de mysticisme du village se réfugiait dans les chapelles. Si anciennes soient-elles, les voici réparées, peintes, cimentées, ornées de fleurs dorées et d'ex-voto d'argent.

Suzanne observait cette belle vie industrieuse de son pays; ses mains balançaient distraitement le chapelet, mais Marieke Verschueren y allait de toute son âme, ne voyant de ses beaux yeux que le ciel et, dans son cœur, que l'image de Pol, son fiancé.

La chapelle, bâtie sur un ancien banc de sable, dominait de quelques mètres ce bas pays. Les jeunes filles demandèrent la clef dans la maisonnette voisine, et Maria termina son chapelet sur le prie-Dieu de velours rouge. Au pied de la légère éminence, une frêle source tremblait, une petite flaque dont on avait cimenté les côtés et orné le bord de rocailles. Maria se pencha, trempa son honnête petite main dans l'eau et se releva rouge de plaisir:

— Dans l'année, Suzanne! J'épouserai Pol dans l'année! Trempe aussi ta main, Suzanne!

Celle-ci haussa les épaules:

— Je n'ai *personne* dans le cœur, dit-elle un peu rageusement.

— Ça ne fait rien, Suzanne, trempe!

Mais Suzanne, butée, disait non. Elle regardait au loin l'énorme digue herbue: «Mes fiançailles avec l'Escaut... Pas de courage d'épouser Triphon. Larix a un chagrin d'amour... Si je trempe ma main... je me noierai dans l'année: mon mariage avec l'Escaut. Oh! que je suis sotte!...»

Elle se secoua et dit:

— Viens, Marieke, jusqu'à l'Escaut.

Malgré la chaleur de juillet, le chemin marécageux s'enfonçait dans le limon. Il fallait poser le pied sur les fagots mis aux places les plus fangeuses, puis sauter. Elles arrivèrent à la digue. Celle-ci cerclait un grand *schorre*. Il fallut marcher encore avant de trouver le fleuve.

— Marée basse, murmura Suzanne.

Elles s'assirent. Les grands bancs de vase rougeoyaient au couchant; deux larges hérons gris descendirent dans les roseaux; les grenouilles clamaient parmi les marécages. Le jour se terminait dans un calme inexprimable. Elles écoutèrent la rumeur des eaux.

En revenant, elles aperçurent de loin une auto devant la maison.

— C'est mère, murmura Maria. J'entrerai par le jardin; reçois-la.

Suzanne, le cœur battant, ouvrit la porte.

— Maria est ici?

Au signe affirmatif de Suzanne, la bonne dame se laissa tomber dans le fauteuil de la grand-mère, pleura de soulagement et submergea Suzanne d'un flot de paroles. Elle avait été si inquiète! Elle avait vu Maria dans un tel état d'exaltation... Elle craignait que Maria ne se réfugiât auprès de Pol... Maria avait dit: «Je vais chez Suzanne», mais sait-on jamais?...

— Et si Maria ne veut pas rentrer à la maison, gardez-la jusqu'a ce que tout soit arrangé! Elle est capable de devenir la maîtresse de Pol... Je vous paierai sa pension sans qu'elle le sache, Suzanne!

— Oh! tante, ce n'est pas la peine... Et que dit mon oncle Auguste?

— Mon mari était terriblement en colère contre Amand, et contre Pol et contre Maria. Il est allé faire une scène hier soir aux Van Stratum. Le Pé (vous savez, Suzanne, le père d'Amand, on l'appelle le Pé), le Pé tança vertement Amand. Amand, buté, répétait: «J'épouserai, j'épouserai, mais l'amour ne se commande pas.» Enfin, des phrases... «Et votre avenir, Amand! criait le Pé; j'en ai assez de vos trois frères dans mes affaires! —

Eh bien! j'épouserai! — Mais je vous dis que Maria ne veut plus, criait mon mari; ce n'est plus possible après cette insulte publique au Victoria!» Amand haussait les épaules: «Si on ne peut plus plaisanter quand on a bu un coup!...»

Voyez-vous, Suzanne, le père Van Stratum est aussi ennuyé que nous, car ses fameux hectares de glaise sont encerclés par nos biens, à cause du mariage du père... Enfin, c'est trop long à vous expliquer. Quand Pol est arrivé au bureau, ce matin, mon mari l'a mal reçu, mais Pol répondait simplement: «Monsieur Verschueren, je ne lui ai dit que je l'aimais qu'après qu'elle m'a assuré avoir rompu avec Amand. Et je l'ai dit comme malgré moi, parce que je l'aime vraiment trop!» Votre oncle n'a plus dit grand-chose. Il ne veut pas renvoyer Pol, à cause du projet de briqueterie mécanique. S'il nous quitte, il trouvera deux places pour une... un excellent contremaître!

— Mais alors, ma tante, pourquoi ne permettez-vous pas à Marieke de l'épouser?

— Pourquoi? Pourquoi? Vous me demandez cela, *vous,* Suzanne? Et alors, pourquoi n'avez-vous pas épousé Triphon? Et il est même orphelin, Triphon!

— Tante, éclata Suzanne, je me le demande aussi! Je crois que c'est à cause de grand-mère: la pomme qu'on possède seule... et le rang... et vos questions, ma tante: «Est-ce qu'il mange à la cuisine?», et surtout à cause de père. Je comprends, maintenant, je vois comme il était supérieur à tous ici... Vous, tante, vous parlez comme grand-mère.

— Je parle comme maman, répéta la tante, je parle comme maman! Et vous figurez-vous, Suzanne, que j'ai fait un mariage d'amour? Mon père, le bourgmestre (des manières de sénateur), avait dit: «Elevez notre fille, Mie, je me charge de notre fils!», et maman m'a cherché un mari. C'est vrai, je n'ai pas connu l'amour, comme au cinéma, celui que vous cherchez, vous et Maria. C'est vrai que nos terres glaises ont été le motif de notre mariage, mais comme j'ai travaillé, comme j'ai aidé mon mari ! J'ai élevé huit enfants, et quand je vois aujourd'hui notre prospérité, nos richesses, nos deux fils dans nos affaires, je me demande si maman n'a pas eu raison! Quant à mon père, trop autoritaire, il a certainement nui au développement de Jules, si fin, si intelligent. Et il lui a aussi imposé un mariage, non de glaise, mais de prés et d'oseraies... votre petite maman, fille unique et délicate!

Mme Verschueren se tut. Jamais elle n'en avait dit autant. Il fallait une grosse émotion pour amener ce tumulte de paroles.

Suzanne se taisait aussi.

La tante Brique reprit, plus doucement:

— Pourtant, Suzanne, j'en ai voulu à maman, et nous sommes restés en froid. Elle préférait Jules. Et quand j'ai vu Maria si exaltée hier, j'ai pensé que même cette folie et cette exaltation je ne les ai pas eues, et... je les envie...

Elle dit ces derniers mots presque bas. Suzanne, le regard vague, pensait à Triphon. Le silence pesait. A ce moment, le vieux chien s'étira, quitta son coussin et vint poser une patte sur les genoux de la jeune fille.

— Max, murmura-t-elle, et elle rougit violemment.

INSOMNIE

Suzanne ne s'endormait pas. L'histoire de Maria l'agitait; le temps aussi était énervant, avec ce gros orage à l'horizon et ces éclairs qui s'élançaient continuellement du sud-ouest. Elle avait trop chaud dans cette alcôve, si agréable l'hiver. Elle pensait à Triphon. Elle lui écrirait. Elle écrirait, demain matin, une carte postale... Elle dirait: «Mon bon Triphon...» Mon bon?... Non, c'est comme à un domestique, *myn beste;* je ne veux plus... Je dirai: «Ami Triphon, je me réjouis dès maintenant à l'idée de vous revoir à Noël. Ecrivez-moi encore.» Il comprendra que j'ai changé, que je suis prête à l'accepter... Suis-je prête? Et s'il ressemble à Amand ou à Monne, si ce n'est plus mon cher Triphon des oseraies? Peut-être y aura-t-il une carte d'Angleterre demain matin, et alors... S'il revient à Noël, j'espère que nous pourrons patiner. Nous irions jusqu'à l'estaminet du Sass, nous prendrions des cerises à l'eau-de-vie pour nous réchauffer. Il me dirait: «Nous retournons, zelle, le soir tombe.» Nous serions quatre; j'inviterais Maria et Pol, pour lui donner le courage de parler. C'est en route, pendant que nous patinerions, et le vent nous essoufflant, qu'il me demanderait... Et s'il n'ose pas... je dirai: «N'avez-vous rien à me dire avant de repartir pour l'Ecosse?»

Elle pensait aussi à ce baiser, la veille du départ, et le rêve éveillé continuait. Elle annoncerait à tout le monde son mariage. Rirait qui voudrait. Au mois de mars, elle ou Triphon serait nommé comte des Digues. Au fond, elle seule pouvait remplir ces fonctions, on le savait bien au village. Il n'y avait d'opposition que pour la forme. On ne déménagerait pas les deux cents vieux registres entassés au grenier... Elle attendrait la fin de son deuil pour les noces; un an et six semaines, ça les mènerait en mai. Ils exploiteraient à deux les oseraies et les schorres. Qu'avait-elle besoin de plus? Ils passeraient leurs dimanches en bateau. Leurs enfants?... Elle leur donnerait une si bonne éducation qu'ils auraient à la fois la finesse de son père à elle, le bon sens de grand-mère et... au fait, que devrait leur donner Triphon? La beauté d'abord et... et... son activité; oui, mais alors ce rêve, cette vie qu'elle s'imaginait, ça pourrait aller avec Monne aussi, sauf la beauté?

Oh! que c'était compliqué; et ce baiser, et ce lit insupportablement brûlant...

Vers minuit, l'orage éclata, moins violent qu'elle ne l'avait pensé. Il glissait vers l'ouest. Triphon le verrait là-bas. Il n'y eut qu'un éclair proche, un coup violent. Le vieux chien hurla dans la cuisine. «Pauvre Max!» se dit Suzanne. Elle fut troublée par ce nom. «Et faut-il que je pense aussi à ce Max Larix à chaque instant?... Oh! assez!...» Elle sauta de son lit, se lava à l'eau fraîche, respira à la fenêtre l'air chargé de pluie, se recoucha et s'endormit enfin.

1. La maison dans l'île Missembourg en 1900.

2. *Marie Gevers enfant.*

« Une enfant concentrée et silencieuse entre mes parents demi-dieux et le jardin-dieu. » (Madame Orpha)

3. *Missembourg : l'étang.*

« Tout ce qui se passait dans la maison se passait aussi dans l'étang. L'eau, comme une mémoire, était chargée d'événements qui me concernaient. » (Vie et mort d'un étang)

4. Marie Gevers à 12 ans.

5. Vannerie à Bornhem ou Hingene vers 1900.

6. Marie Gevers en 1906.

7. *Missembourg.*

8. Marie Gevers en 1960.

LETTRE

Le matin, Maria fut d'une gaîté folle. Au moment du départ de sa mère, la veille au soir, elle avait deviné que sa cause était presque gagnée.

— Tu verras, Suzanne, quand le Pé Van Stratum comprendra qu'il n'y a rien à faire et que je me marie décidément avec Pol, il lâchera ses hectares. Ils ne pouvaient lui servir qu'à faire entrer son fils dans notre briqueterie!

Suzanne guettait le facteur: «Peut-être une carte de Triphon?... Il y a si longtemps!...» Rien de Triphon, mais une lettre de Max Larix:

Chère comtesse,

Ma mère désirerait voir mon bien; vous savez que je l'ai hérité d'une sœur de mon père. Nous irons dimanche, s'il fait beau. Mais ma mère est trop délicate pour marcher jusque-là. Vous m'avez un jour proposé une carriole. Pensez-vous pouvoir nous la procurer? Nous prendrons le bateau jusqu'à Tamise. Un mot de votre obligeance.

Recevez, comtesse, mes respects.

MAX LARIX.

Suzanne n'écrivit pas ce jour-là à Triphon. «J'attendrai, pensa-t-elle, sa prochaine carte pour lui répondre.»

Elle fit savoir à Larix qu'elle louerait la carriole d'un laitier. Elle les attendrait au bateau, dimanche à deux heures. On irait ensemble au schorre, on goûterait chez elle, et elle les reconduirait au bateau de six heures.

Puis Suzanne avertit Joke:

— Dimanche après-midi, il vient du monde des digues. Je voudrais offrir du café et du pain de «corinthes».

— Marieke Verschueren sera-t-elle encore ici? demanda Joke intriguée.

— Je ne crois pas, Joke.

— Qu'est-il arrivé? Mme Verschueren avait l'air bien agité, hier!

Suzanne lui raconta tout.

— Eh... oui... soupira la vieille. Elle doit savoir ce qu'elle fait, mais, pour ce qui concerne le fils du Pé, bien, il n'a que ce qu'il mérite. Il me semble, ajouta-t-elle, il me semble que Triphon n'a plus écrit depuis longtemps.

POL ET MARIEKE

Le samedi, vers la fin de l'après-midi, Maria bondit vers la porte:

— Pol, voilà mon Pol!

Le jeune contremaître arrivait à bicyclette. «C'est vrai qu'il est bien», songeait Suzanne.

— Je ne vous dérange pas, mademoiselle Briat? dit-il poliment.

Puis, saisissant Maria, il lui donna deux gros baisers.

— Et que dites-vous de notre Marieke?

— Proficiat, dit Suzanne en employant la vieille formule de félicitations flamande. Proficiat! Et quelles nouvelles apportez-vous? Joke, donne-nous une bouteille de bière.

— Non! Non... Merci, mademoiselle.

Mais déjà Joke apportait la boisson.

— Dag Joke, comment allez-vous? Mère vous envoie ses compliments. Je lui ai dit que je venais ici!

— Faites-lui les miens, dit la vieille, flattée. Ce qu'elle a travaillé pour vous, mon garçon, personne ne pourrait le dire!

— Je le sais, Joke... Marieke! s'écria-t-il, j'ai de bonnes nouvelles!

— Oh! dites, Pol, dites-les! Je l'espérais bien!

— Ce matin, au bureau, j'ai dit à M. Verschueren: «Monsieur, que faut-il faire maintenant? (Je le connais bien, allez, Marieke.)

— Quoi? répondit-il en colère.

— D'abord pour les briques. Suis-je encore votre contremaître, monsieur? Et puis, pour Marieke, dois-je rompre?

— Pour les briques... (il grommelait comme vous savez.) Pour les briques... elle m'a déjà privé de la glaise du Pé, et maintenant, faut-il que je perde un bon contremaître?... Ah! non. Quant au reste, qu'on ne me parle plus de cette histoire!

— Monsieur, tout le village en parle.

— Eh bien! a-t-il crié, filez chez Suzanne Briat et dites à Marieke de revenir!

Je n'en ai pas demandé plus... et me voilà!

— Ah! Pol, mon bon Pol!

Les beaux yeux de Marieke étincelaient; elle riait tant que de sa grande bouche on ne voyait que ses belles dents. Pol lui tenait naïvement la main:

— Marieke, je ne puis vous donner une belle bague comme celle que vous avez rendue à Amand.

— Ça ne fait rien, Pol.

— Mais, Marieke, quand la briqueterie mécanique marchera, j'aurai une part dans les bénéfices et ça pourrait être beaucoup!

— Oh! mon Pol, oui...

— Et, Marieke, ma chère, chère Marieke, vous verrez comment je vous aimerai! Je n'avais jamais osé espérer un tel bonheur, et comme je vous protégerai, petite enfant chérie!

Le cœur de Suzanne se serra: «Petite enfant chérie, «kindeke lief»... Son père lui disait cela — et maintenant, depuis sa mort, plus personne... Qui l'appellerait encore jamais ainsi? Elle sortit doucement de la salle, laissant les amoureux à leur bonheur.

Elle s'assit dans le jardin. La pluie qui tombait depuis le matin avait cessé; un sifflement de remorqueur déchira l'air.

Maria l'appela: «Suzanne! Suzanne! je retourne avec

Pol! merci Suzanne! Veux-tu nous accompagner à la chapelle de Bon-Secours? je n'ai plus le temps de remercier la Vierge de Luypeghem — nous irons à celle du Wiel!»

Le soleil oblique dorait les murs des maisons et rougeoyait dans les oseraies. Une vieille ferme se mirait dans le Wiel. Sur la rive une chapelle à colonnes ornementées, renfermant une vierge vêtue de velours et de broderies d'or. C'est là que Marieke remercia Notre-Dame de Bon Secours d'avoir béni sa main trempée dans l'eau qui ne gèle jamais, sa bonne petite main rouge que tenait son fiancé, agenouillé près d'elle, tandis que Suzanne s'efforçait à dire un *ave*.

Puis, ils reprirent les vélos, posés dans l'herbe à côté d'eux.

Suzanne les regarda s'éloigner et retourna seule à la maison.

LE BEAU DIMANCHE

Suzanne s'éveilla avec un sentiment de joie. Les pluies de la nuit avaient lavé le ciel, un léger vent nord-ouest entraînait les derniers nuages d'orage, ils étaient blancs et ronds et s'attardaient à se mirer dans les flaques. Suzanne se rendit à la première messe avec Joke. Elle était catholique, simplement, et n'imaginait pas qu'il pût en être autrement, mais son cœur ne s'élançait pas vers les délices mystiques; elle suivait attentivement la messe, comme on l'y avait habituée. Elle ne pensa ni à Triphon, ni à Max Larix. En sortant, elle eut envie de danser de joie, comme une petite fille, à l'idée de ce bon dimanche étendu devant elle.

En l'honneur des Larix, elle tira du buffet le service à café qui datait de l'Empire, acheté par l'arrière-grand-père; des tasses historiées de vignettes, sur pieds étroits, la haute cafetière, dont Suzanne ignorait la valeur d'antiquité, mais qu'elle aimait comme des souvenirs. Elle se promena, inspecta les oseraies, en supputant la récolte prochaine, poussa jusqu'au vieil Escaut. Là elle fut fâchée de rencontrer le souvenir trop vif de Triphon, en velours brun, le jour de printemps où l'aubépine fleurissait. Puisqu'il n'écrivait plus... Eh! bien, elle ne penserait plus à lui... aujourd'hui, elle ne voulait que l'agrément de cette visite de Larix et de sa mère. En rentrant vers onze heures elle rencontra le facteur:

— J'ai quelque chose pour vous, zelle Suzanne, dit-il avec un indéfinissable sourire.

C'était une carte postale, « Avec les salutations sincères de Triphon », et l'image d'une grande ferme écossaise.

— Et pour Joke, dit le facteur, il y avait une lettre d'Angleterre.

Suzanne demeura un moment interdite: Est-ce à cette carte froide, impersonnelle, qu'elle pouvait répondre: « Mon ami Triphon, je me réjouis dès maintenant à l'idée de vous revoir à Noël, écrivez-moi encore »? Et que pouvait-il bien écrire à Joke?...

Joke n'en dit rien, mais elle questionna Suzanne.

— Est-ce Larix que vous attendez aujourd'hui?

— Oui, Joke, avec sa mère.

— Ah! ah! La vieille réfléchit en hochant la tête.

Suzanne n'y tenant plus, l'interrogea: « Triphon vous a écrit m'a dit le facteur? »

— Ah! oui... quelques mots. C'était pour demander que je remette sa veste d'hiver et ses gros souliers chez Verbeeck, qui les lui fera parvenir avec le prochain envoi d'osier — puis, des détails pour Verbeeck — j'ai envoyé Dolfke avec le tout à la vannerie...

Suzanne eut un soupir de soulagement. Rien de particulier donc... mais par exemple, elle attendrait une carte moins laconique pour répondre: « Mon ami Triphon... » A celle-ci elle répondrait: « Avec les salutations de Suzanne Briat... » Elle ne voulait pas faire d'avances. Pourtant elle éprouvait un certain malaise.

Elle s'en alla chez le laitier: « Peer-Jan, la *chaise* est-elle attelée? (On nomme ainsi les carrioles à deux roues couvertes de baches blanches ou lie-de-vin dont se servent les laitiers dans les campagnes flamandes). La chaise était prête, traînée par un maigre petit cheval au trot dur, et les banquettes remplacées par cinq chaises de paille, — apparat des dimanches.

La fille du laitier accompagnerait: le cheval ne voulait être conduit que par elle.

Suzanne aimait à aller ainsi, on passait par les chemins

de terre aux ornières pleines d'eau; la carriole, haute sur roues, tanguait et lançait des gerbes de boue. On s'arrêta près du pont de Tamise, interdit aux voitures. Une passerelle accrochée au flanc du pont du chemin de fer sert aux piétons.

Parvenue au milieu, Suzanne s'accouda et contempla l'Escaut vers l'aval. A quelques centaines de mètres, le fleuve faisait un coude. Bientôt, au tournant, Suzanne aperçut le bateau de service. Parmi les passagers elle distingua la silhouette de Larix à côté d'une mince et chétive forme noire.

Suzanne ne pensait plus à Triphon. Les visiteurs franchirent la passerelle, Madame Larix, plus usée qu'âgée, avait, sous ses cheveux blancs, un teint gris et maladif et un regard lassé. Elle était vêtue d'une manière vieillotte, soie noire et chapeau «capote» tel qu'en portent encore les vieilles dames flamandes.

— Je vous remercie, mademoiselle, de la peine que vous vous donnez de nous procurer une voiture.

— Ce n'est qu'une carriole, madame... il n'y a malheureusement pas d'autre voiture au village.

La fille du laitier avait enlevé la bâche: il faisait bon, chaud, et l'on trottait le long des oseraies.

— Je suis heureuse, dit Madame Larix, de revoir des oseraies. J'ai toujours regretté que mon mari ne se soit pas remis à la vannerie après la guerre, mais notre atelier et notre maison étaient détruits, vous savez, mademoiselle?

Suzanne regarda Max:

— Vous ne m'avez jamais raconté cela? Et vous me laissiez expliquer l'osier comme si vous l'ignoriez?»

Il secoua la tête, puis dit malicieusement: «J'aimais à vous entendre parler de ces choses-là».

— Max est un *taiseux*, continua la vieille dame... alors d'autres avaient monté des vanneries. Mon mari et mes fils avaient appris le métier de l'acier, dans une fabrique d'obus en Angleterre — et l'on s'est mis aux guidons pour bicyclettes — cela marche, n'est-ce pas fils? mais Max regrette toujours l'osier. Quatorze ans quand la guerre nous a chassés... il aidait déjà son père...

Max se taisait. Mme Larix poursuivit son calme bavardage: elle raconta ses épreuves pendant la guerre, son exil en Angleterre avec son mari et trois enfants. Sa fille aînée s'y était mariée à un Anglais. Après l'armistice on n'avait touché que des dommages de guerre dérisoires, son mari était mort, et elle n'avait plus vu sa fille depuis deux ans, mais... (ici le visage de la vieille mère s'éclaira), mais elle écrivait de longues, bonnes, si bonnes lettres, elle racontait tout ce qui se passait chez elle...

Max l'interrompit soudain:

— Regardez, mère, voilà au tournant le schorre de tante Zoë!

— Je me souviens! s'écria-t-elle joyeusement, je suis venue ici avec père, l'année de votre naissance, Max... c'est un joli bien, je suis contente que tante Zoë vous l'ait légué.

On prit les chaises dans la carriole et l'on se mit à l'ombre d'un saule. Le petit cheval broutait. L'on parla vannerie. Puis Mme Larix demanda à Suzanne si elle aimait la musique, et si elle appréciait la voix de Max?

— Elle est très belle, Madame.

— Chantez-nous quelque chose, *fiske*?

— Alors, dit Suzanne, la chanson du printemps!

Et la vieille dame et la jeune fille l'écoutèrent:

— Dieu m'a permis de revoir la neige fuir les champs... Et le soleil brillant. Des joies me furent données, plus que je n'en méritai.

...Mais tout doit passer.

— Max préfère chanter que parler, murmura la mère, puis le silence tomba. Max avait l'air triste.

— Pourquoi m'a-t-il caché son attrait pour la vannerie,

songeait Suzanne? Où veut-il en venir?

Une sorte de gêne régna. La vieille dame se leva et dit:

— Je pense qu'il est temps.

Le retour fut silencieux. Max fredonnait distraitement un air mélancolique.

«Pourquoi, continuait Suzanne en elle-même, pourquoi a-t-il empêché sa mère de me parler de cette sœur? Cherche-t-il à m'épouser pour mes oseraies? et peut-être que la sœur est en difficulté d'argent... Ah! grand-mère, grand-mère, tu m'as appris à chercher en tout des mobiles intéressés... que ne suis-je semblable à Maria!»

Le café et le pain de corinthes les attendaient. Joke avait fait de son mieux, tout était propre, mais la vieille dame s'étonnait tout bas que dans ce logis de jeune fille, il n'y eut, ni le traditionnel tapis de table que l'on nomme «courrier» mélangé de crochet écru et de peluche verte, posé en diagonale sur la table du salon; ni les fleurs artificielles, en chenille de soie sur le piano, ni aucun des riens que confectionnent les jeunes filles de village.

— Travaillez-vous parfois à des ouvrages de main? s'enquit la vieille dame.

— Il faut bien entretenir le linge et les vêtements, Madame. Joke a la vue mauvaise. Elle soigne les chèvres, elle a peu de temps.

— Je veux dire des ouvrages de fantaisie? crochet, broderie...?

— Je n'ai jamais essayé, dit simplement Suzanne, j'étais fort prise par la maladie de père et les digues m'occupent beaucoup.

— Oui Comtesse, dit Max, que l'idée des digues dérida. Quels sont vos pronostics pour les prochaines élections de l'assemblée générale des propriétaires?

Suzanne rougit. Elle prenait difficilement un ton badin. Elle pouvait se taire ou tâcher d'expliquer... mais l'air persifleur de Max la blessa.

— Je pense, Monsieur Larix, que si je me présente, je

serai élue à cause du souvenir de père, de grand-père... et je crois connaître le métier.

Larix regarda l'heure et avertit sa mère.

— Je vous reconduirai au bateau, dit vivement Suzanne, qui craignait sa solitude des dimanches soirs. Joke sortie... et la déception d'avoir trouvé dans cette journée un Max Larix si différent du charmant compagnon dans le saule!

Dans la cabine du bateau:

— Max, dit Mme Larix, est-ce que vous avez des idées sur cette jeune fille?

— Mère... je n'ai pas envie de me marier, dit-il évasivement, mais elle est agréable, n'est-ce pas?

— Parce que, continua la mère, je doute qu'elle soit bonne femme de ménage... Il est vrai qu'elle a du bien.

Max pensait aux beaux bras bruns et musclés de Suzanne au moment où elle lui tendait les chaises de la carriole.

— Mère, dit-il, une bonne femme de ménage ne suffirait pas à mon bonheur.

— Idée de vos camarades du Conservatoire, dit la mère, mais elle le regardait avec joie et fierté.

— Et à propos, mère, il vaut mieux ne pas lui dire que c'est chez notre Anna que travaille ce garçon pour les oseraies... ni ce qu'Anna nous a écrit ce matin!

— Ah! dit la mère.

— On dit qu'elle l'aime.

— Oh! dit la mère suffoquée. Est-ce que vous le connaissez?

— Je l'ai vu une seule fois. C'est un très beau garçon, en effet, comme Anna nous l'écrit.

— Vous a-t-elle fait des confidences Max?

— Non mère. Mais les gens parlent. Verbeeck... ce matin.

— Je suis curieuse de lire la prochaine lettre de notre Anna!

Max ne répondit plus.

LE NOURRISSON DE FINNE

Cependant, Suzanne retournait lentement, dans le jour déclinant et superbe. Tout le long des digues elle croisait des couples d'amoureux, des femmes traînant leurs enfants, des hommes à bicyclette qui revenaient d'une kermesse. Sur les pas des portes, des familles respiraient le repos dominical, des familles incroyablement nombreuses; comment pouvaient-elles se loger dans ces étroites maisonnettes! En semaine, on n'y trouvait qu'un dernier-né au berceau, et une mère vaquant aux bêtes et au jardinet, car chacun travaillait de son côté.

Un couple, près du village, se disputait violemment:

— Et je peux, moi, aller s'il me plaît à la kermesse, avec Fons! et vous n'avez rien à me commander!

— Et moi je cogne si vous y allez! criait l'homme.

En voyant Suzanne, ils se turent un peu gênés. Les pensées de Suzanne dévièrent: «A moi, pensa-t-elle, personne n'a rien à me dire... Et si Max Larix veut des oseraies il n'a qu'à en acheter! Et le jour où je désirerais me marier, j'aurai toujours mon bon Triphon tout prêt à m'épouser!»

De toutes ses forces, elle aspira l'air splendidement chargé d'aromes aquatiques et elle ouvrit son jersey pour sentir mieux la brise.

A la maison, Susse le passeur, assis au jardin, l'attendait.

— Zelle, dit-il, cette fille est morte.

— La mère du nourrisson?

— Oui, à l'hôpital à Anvers. Une pneumonie. J'ai vu les parents. Ils disent qu'ils ne peuvent se charger de l'enfant et qu'il faut le mettre à l'orphelinat. A moins que le père ne paie la pension chez nous.

— Qui est le père?

— Ils disent, mais je crois que c'est des menteries, zelle Suzanne, ils disent que c'est... que c'est Triphon... à la kermesse de Tamise, l'an passé, mais il me semble que Triphon nous l'aurait dit. A Finne ou à moi...

Susse, évitant les yeux de Suzanne, regardait, gêné, un coin du banc. Suzanne, interdite, ne disait mot.

Susse continua:

— Mon avis c'est que c'est ce vilain hibou de Knie qui leur a conseillé de dire cela... pour que... pour que vous vous chargiez de payer les mois du gosse... ce sont ces bons petits conseils-là qui mettent au Knie du tabac dans sa pipe.

— Je... je vais réfléchir à cela, balbutia Suzanne. C'est si inattendu. Revenez demain, Susse.

Elle rentra, désemparée. A qui... à qui demander un bon conseil? que tout était simple du temps de père! Il était là, malade, impotent, mais tout était simple. Machinalement elle alluma le réchaud au pétrole et se prépara une soupe au lait. Je demanderai à Joke, ce qu'elle en pense... peut-être Triphon lui aura-t-il parlé de cette histoire?

Suzanne n'avait plus envie, ni d'aller se promener jusqu'au Sass pour examiner une oseraie inondée par l'orage, ni de rêver dans le jardin à la beauté de la première neige qu'elle verrait cette année... Vers le soir? aiguë et dure? ou molle et douce, plus douce que le printemps éternel de Calypso? Non. Aucune de ces délices coutumières, ni la nature, ni le rêve. Elle s'enferma au petit bureau et ouvrit le registre des digues.

— Joke, dit-elle le lendemain, Joke, avez-vous jamais entendu nommer le père du nourrisson de Finne? et savez-vous que la mère est morte à l'hôpital?

— Vous m'en direz tant, Zanne. — La vieille réfléchissait. — Oui, un agneau orphelin. Et tout cela, m'a dit cette fille, pour une seule nuit de plaisir, à la Kermesse.

Mais Suzanne, le cœur battant:

— Vous a-t-elle dit qui?

— Non.

— Oh Joke! les parents prétendent que c'est Triphon! mais Susse dit qu'il ne le croit pas, que Triphon l'aurait dit à Finne!

— Je pense aussi qu'il l'aurait dit. Joke regardait attentivement Suzanne et sa main froissait une lettre dans sa poche. — «Mais, zelle Zanne, vous pensez bien qu'un garçon comme Triphon n'est pas toujours sage comme une image et... Monsieur Jules ne voulait pas qu'on vous parle de ces choses, mais enfin vous n'êtes plus une enfant... un beau garçon oublie souvent de se bien conduire les soirs de kermesse...»

— Mais que faire, Joke? Faut-il écrire à Triphon de quoi on l'accuse?

— Tenons-nous tranquillement hors de ces histoires-là, Zanne, on n'y peut rien gagner, et qu'on mette le gosse à l'orphelinat.

— Pauvre agneau, Joke, je veux bien lui payer deux ou trois mois de pension. Alors, on verra. Peut-être que les grands-parents le prendront?

— Voyez, oui, comme vous voulez, dit la vieille avec réserve. Mais j'ai appris dans ma vie à ne point me mêler des choses de l'amour, on n'y attrappe que reproches et horions.

TRIPHON

L'air dans la brume dorée de septembre était inimaginablement doux et lumineux. Suzanne longeait le vieil-Escaut. Les petites maisons enlisées contemplaient le lointain et merveilleux château, plus féerique d'être à demi-voilé. Triphon n'avait plus écrit depuis son indifférente carte postale, mais jamais Suzanne n'avait autant pensé à lui. Elle appelait à son aide tout l'orgueil des Briat pour ne pas lui envoyer un mot suppliant: «Revenez à Noël...» Ah! que signifiait ce silence?

La rive herbue s'enfonçait dans la vase. Suzanne s'assit sur un tronc d'arbre où une douzaine d'enfants jouaient pieds nus. Elle contemplait les haies d'aubépine déjà rousses et l'immense nappe des étangs. Traverser pour arriver à ce château fascinant!... Mais elle n'avait même pas pu tendre la main par-dessus une barrière sociale. Quant à Larix il ne donnait plus signe de vie. Comme elle était seule!

Un homme vêtu de velours brun raccommodait la barrière d'un enclos voisin en sifflant un air de kermesse. Elle, Suzanne, n'avait jamais mis les pieds dans une salle de danse. Si elle épousait Triphon, est-ce qu'il continuerait à fréquenter les kermesses? Il ne s'enivrait jamais, c'est vrai — mais il dansait... et le nourrisson de Finne... Triphon devrait abandonner les kermesses! ou bien l'y accompagnerait-elle? Marieke n'a pas pensé à tout cela... Elle avait les larmes aux yeux... Ce serait trop bête de me mettre à pleurer ici, par un si beau temps!

Le soleil s'inclinait comme les grappes orangées d'un sorbier, et elle reprit le chemin du village:

Au premier tournant elle rencontra le secrétaire communal, sa grosse figure madrée gonflée d'une nouvelle:

— Que dites-vous de notre Triphon?

— Qu'y a-t-il, secrétaire? demanda-t-elle avec une vague angoisse.

— Quel malin! Il épouse la sœur de son patron! le voilà calé. Il m'écrit pour ses papiers, cela se fera bientôt. En Angleterre on va vite.

Il regardait Suzanne du coin de son petit œil finaud.

Elle, concentrait toutes ses forces à ne rien laisser voir de son émoi: à elle son courage, son calme naturel, à elle l'orgueil du grand-père, la vanité de sa grand-mère, la réserve fière de son père! Elle combattait la douleur rampante et la détresse physique. Mais elle éprouvait en même temps une sorte de délivrance morale, se répétant mentalement comme une litanie: «Quelle chance... me voilà certaine de ne pas succomber, me voilà sûre de ne pas déchoir! Pourtant ses genoux pliaient et elle sentait en son cœur une sorte de vide comme celui qui précède la nausée. Elle dit avec calme:

— Eh bien! secrétaire, voilà donc Triphon casé, j'en suis aise pour lui. Je me réjouis de lui avoir conseillé de partir... Mais, secrétaire, je comptais précisément aller vous voir, dites-moi ce que la commune peut faire pour le petit orphelin que Susse-le-passeur élève?

— Zelle Suzanne, répondit l'homme désappointé, nous ne pouvons rien. Cet enfant n'est pas né ici, d'où est-il?

— De Rupelmonde, je crois.

— Donc, la commune de Rupelmonde paiera un orphelinat où l'on placera cet enfant.

— Pensez-vous qu'elle refuserait de le laisser à Susse?

— C'est plus cher que l'orphelinat, zelle Suzanne... à

moins que quelqu'un ne supplée, par amitié pour la mère… ou pour le père?

Le secrétaire regardait la jeune fille du coin de l'œil. Elle ne répondit pas.

Elle avait hâte d'être à la maison. Elle tâchait de s'empêcher de penser. Elle ne dit rien à Joke, et se mit à table comme d'habitude, le vieux chien près d'elle. Elle l'oublia, mais il guettait un petit morceau de viande et lui mit la patte sur le genou.

— Mon vieux Max, murmura-t-elle… Et elle se mit à sangloter sans se rendre compte que c'était la pensée de Larix qui lui donnait la force de pleurer, s'appuyant sur ce nom comme sur une épaule amie.

Joke entra. Elle se tint un moment silencieuse et droite sur le seuil de la porte, sa vieille figure sévère immobile. Puis elle dit:

— Je le savais Zanneke. Mais c'est mieux ainsi. Vous aurez du chagrin pendant quelques mois, puis vous serez contente. Sinon du plaisir quelques mois et du chagrin pour la vie. Allons, occupez-vous de quelque chose!

Suzanne, vaillamment, gagna son bureau et reprit le registre des digues:

Page 118, M. Steppe, réparation Frs…

Page 119, D. Rickers, Frs…, réparations, alluvions…

Alluvions… jamais Suzanne n'écrivait ce mot sans en sentir le poids: les syllabes lourdes, mouillées, conquises en combats acharnés sur le fleuve-roi; les diguettes d'été vêtues des feuilles énormes du tussilage…

— Mon beau, bon pays, murmura-t-elle, puis, avec un vague sourire:

— Pour me consoler, j'irai ce soir regarder le clair de lune au bord du vieil-Escaut.

CLAIR DE LUNE

Suzanne s'en allait naïvement vers ce qu'elle connaissait de plus beau: le clair de lune sur le vieil-Escaut. Elle s'imaginait que cette splendeur la distrairait de la lourde souffrance qu'elle combattait. Elle ignorait combien une nuit lunaire, chaude et blanche, irrite l'amour chez les jeunes filles.

Ce pays noyé n'était qu'un grand miroir. Si on le regardait vers le couchant, il rougeoyait tout entier aux dernières lueurs du soleil; si l'on se tournait vers le levant, tout, sous la pleine lune montante, s'argentait.

Suzanne marchait vers la lune. Des traînées de chaleurs et de brouillards alternaient. Elle gagna le tronc d'arbre renversé où elle s'était assise, le matin, et elle s'efforça de jouir passionnément du pays. Le clair de lune enveloppait les masses lointaines du château et des grands arbres. Les rayons légers marchaient paisiblement sur les eaux. Une vache, dans l'enclos voisin, la tête appuyée sur la barrière, mugit. Puis le silence fut complet, sauf le grésillement des bulles sur les bords vaseux. «Que c'est beau!» se disait-elle ou plutôt elle prononçait mentalement ces mots, mais sa pensée était imbibée d'un nom: *Triphon*, comme le pays était imbibé d'eau et tout son être mirait la clarté du désir.

C'était d'autant plus intolérable que le consentement moral de Suzanne lui ayant toujours manqué, une détresse uniquement physique l'envahissait. L'élan de tout son beau corps pur et chaste vers l'amour; de toutes ses forces vierges vers la maternité. Elle résistait à son chagrin, elle le raisonnait: «Pourquoi cette tristesse? je préfère Max Larix; je pense que, si je veux, il m'épousera, et voici que l'idée que Triphon ne m'embrassera plus jamais m'est insupportable... que je suis sotte...»

Du château lointain s'éleva le son d'un cor de chasse, ajoutant je ne sais quoi de poignant au paysage. Les notes qui lui arrivaient au-dessus des eaux touchèrent amèrement le cœur de Suzanne. Elle en connaissait les paroles, et le cor chantait: *Belle je t'aime d'amour extrême — Daigne accepter ma vie et mon cœur!* L'air mourut, pour reprendre encore et encore, les mêmes modulations.

Suzanne fut envahie par un sentiment de découragement profond, au-delà des larmes, et resta là, sur le bord argenté des étangs, sans pensée, sans volonté. Rien qu'un corps prêt à l'amour. Le rougeoiement solaire avait disparu.

Il y eut un bruit de pas et quelqu'un dit:

— Soir, zelle Zanne! — c'était le Knie. — La jument des Briquers, expliqua-t-il,... des coliques, c'est plus dangereux à guérir, à cause des coups de pieds. J'ai guéri (il frappa sa poche). Les gros paysans, ça paie bien. Et un bon petit verre de bière.

Le Knie semblait à demi ivre, mais cet homme était étrange, on ne savait jamais si ses bizarreries provenaient de la boisson ou de sa cervelle dérangée.

Suzanne répondit distraitement: «Bonsoir Knie.» Il continua:

— Eh bien! zelle Zanne, le nourrisson de Finne, le laisserez-vous mettre à l'orphelinat? Les vieux de Rupelmonde m'ont dit qu'il est à Triphon — la kermesse de Tamise — Eh! moi, j'ai toujours dit qu'il était à Triphon, mais, pour la mère... J'ai mon idée, oui, j'ai mon idée!... Il regarda Suzanne, mais elle ne l'écoutait pas. Il se tut un instant, puis continua:

— Un bel enfant comme cela! Bonjour, et on s'en va.

Quand je pense à ce que j'ai fait moi, pour garder mon pauvre Egide!

Suzanne ne lui répondit pas. Alors le vieux déroula toute son histoire. Suzanne, malgré elle, finit par l'écouter, tant était étrange ce récit plein de pratiques mystérieuses, dit par le bonhomme en haillons sur ce bord vaseux et fermentant du vieil-Escaut. Au fond, le château féerique d'où venait un chant d'amour.

Le Knie avait épousé une lieuse d'osier, nommée Berga. Leurs sept premiers enfants moururent des convulsions au moment de leur naissance. Pour le huitième on demanda le docteur; tout allait bien, et le docteur partit content. Deux heures après, voilà les convulsions, le docteur revient et dit à la sage-femme:

— Bakel[1], pour ce que vous avez commis ici, vous mériteriez la prison. Allez-vous en! le Knie comprit aussitôt que la sage-femme avait jeté un sort. Il s'en alla, pleurant par le village.

Un voisin lui proposa de demander conseil à l'un de ses parents, curé à Anvers. Celui-ci après avoir écouté le récit de Knie les renvoya à un vieux prêtre de l'église du Rivage. Là, le Knie fut emmené dans une petite pièce obscure attenant à la sacristie.

Le guérisseur très excité avait mimé tout son récit, débité avec volubilité. A ce moment il se tut, ses yeux hagards fixés sur Suzanne.

— Et alors? dit-elle.

— Alors, le prêtre a pris une longue aiguille, il l'a piquée dans un gros livre, qui s'est ouvert, et il a lu lentement, à haute voix:

Cel-le qui est dans vo-tre mai-son, as-som-mez-la ou bien je-tez-la à la porte. Qu'el-le erre par les chemins! Que toute porte lui soit fer-mée, qu'elle périsse de rage et de misère!

1. Sage-Femme.

— J'avais compris ce qui me restait à faire; alors, le prêtre me tendit une boulette de cire jaune. *Si* l'enfant vit encore quand vous rentrerez, dit-il, vous le prendrez et vous le mettrez à nu. Vous poserez cette cire sur son petit cœur, en tenant dans votre main droite la main gauche de l'enfant, et vous prierez de toute votre ardeur pendant dix minutes. Si la peau, sous la cire, forme une ampoule blanche, c'est que tout est inutile, l'enfant mourra. S'il vient une plaie noire, c'est signe que le mal en sort, l'enfant vivra. Il n'aura plus jamais de convulsions. Mais, je ne puis empêcher qu'il soit infirme et simple pour la vie.

— Je répondis: que seulement il vive, révérend Père. Lui continuait: Pendant neuf jours vous ferez pénitence. Puis, la mère se lèvera avec l'enfant et ira en pèlerinage à Dieghem. Du seuil de la maison, jusqu'au retour, le soir, l'enfant ne tétera pas et vous ne lui donnerez rien à boire. Ce pèlerinage sera fait par vous, votre femme et une autre femme, qui devra, mois pour mois, avoir le double de l'âge de la mère de l'enfant. Maintenant, allez, et faites tout ce que j'ai dit.

— Et l'avez-vous fait, Knie? demanda Suzanne.

— Je l'ai accompli, dit cet homme à demi ivre, avec une sorte de noblesse. Comme si c'était voulu, nous avons tout de suite eu un train pour rentrer. En m'approchant de notre maison, j'ai vu fuir la Baker Azelick. Elle savait déjà que je *savais*. Je suis un honnête homme, je n'ai jamais volé, je crains les gendarmes, mais si je l'avais rencontrée sur mon chemin, je l'assommais!

— Jamais je n'oublierai ces dix minutes où j'ai prié, pendant que la cire reposait sur le cœur de notre Egide. Est-ce qu'il me serait laissé un seul fils vivant? Faudrait-il aussi le remettre à la Mort?

— Les voisins entraient en silence. Comment savaient-ils ce que je tentais de faire? Tous priaient avec moi... au bout de cinq minutes j'ai vu un tiraillement dans les petites mains, puis la couleur bleue de la face s'est dissipée. Quand, les dix minutes passées, j'ai ôté la cire, j'ai vu une petite plaie noire. Le mal était sorti. Plus jamais les convulsions ne sont revenues. J'ai fait pénitence neuf jours. Le plus difficile fut de trouver la femme du double de l'âge de notre Berga, l'une avait six mois de trop, à l'autre manquait un mois. C'est le vieux secrétaire qui m'a tiré d'affaire en consultant les registres. Alors, la femme de l'âge voulu refusa de nous accompagner, et il a fallu lui donner une grande somme d'argent, mais j'y aurais mis mon dernier sou... Plus jamais l'enfant n'a été malade. C'est mon petit garçon, j'en ai de l'amitié. Il est bien malin, mais tout intérieurement; il ne sait pas le dire. Et pour Azelick, c'est comme le prêtre l'a dit. On a su l'histoire; elle a perdu ses clients, ses enfants l'ont jetée à la rue. Elle est morte, gâteuse et folle dans la camisole de force à Duffel. Voilà ce que j'ai fait, moi, pour conserver mon souffreteux. Et quand j'en vois d'autres qui abandonnent un bel enfant... Ah! j'aimerais bien encore être père d'un beau garçon... j'ai ma maisonnette et mes meubles, et, moi, j'épouserais!...

Le guérisseur, de plus en plus agité, gesticulait en se rapprochant. Suzanne se dirigea rapidement vers le village en disant:

— Allons, Knie, bonsoir... mais il la suivit, continuant à lui parler d'amours et de naissances illégitimes. Elle prenait peur, lorsque la voix cordiale du jeune garde champêtre du village la rassura: «Eh bien, le Knie, on a bu un peu trop, hein? allez-vous coucher!»

Le rebouteux grommela un bonsoir et rebroussa chemin.

— Un compagnon peu sûr, zelle Suzanne, quand il est ivre. Il ne faut pas trop vous promener avec celui-là!

— Pensez-vous? dit Suzanne. Sans doute c'est un homme inquiétant. Mais quel bon père! Et comme il aime ce fils idiot!

— Je crois qu'il l'aime beaucoup trop! et que ce couple-là serait mieux dans un asile, que par routes et marécages, la nuit. Pour peu que sa folie augmente il fera un mauvais coup, un jour ou l'autre.

Joke, inquiète, attendait Suzanne.

— Il ne faudrait pas sortir seule, si tard, lui dit-elle.

La jeune fille monta, se coucha, et connut, jusqu'à l'aube, la vraie souffrance brûlante et sans larmes.

NETTOYAGES

On débarrassa les oseraies des pucerons dévorateurs et des liserons étouffants. L'écorçage étant terminé, Suzanne trouvait sans peine des ouvrières. Il en travaillait une dizaine dans l'oseraie. Le mouchoir rouge noué sur la tête pour se préserver des chenilles, les pieds nus dans les sabots, les vêtements décolorés, elles coupaient la mauvaise herbe à la faucille, de la main droite, tandis que la main gauche déroulait et rejetait les tiges du liseron.

Suzanne surveillait, aidée du vieil émondeur. Elle examinait les drainages, les jeunes pousses, les plants faibles ou morts et s'occupait des ouvrières qu'elle connaissait toutes. Chacune avait un mari, un amant ou un amoureux.

Le soleil s'appuyait sur les nuques; de larges nuages bas jetaient de l'ombre. La besogne avançait, dans le bruit des sabots, le grésillement de la boue et le grincement des faucilles. De temps en temps un vol de hérons ou le sifflet d'un steamer traversaient l'espace. Une fois, une bécasse fila. Alors tous les mouchoirs rouges se relevèrent et regardèrent.

Suzanne rentrait le soir si éreintée qu'elle ne pouvait que souper et se coucher. A peine un pincement de souffrance quand elle apercevait une silhouette de velours brun. Joke se taisait; la barque inutilisée dormait devant la maison du passeur. Un jour il plut, une de ces pluies inlassables de septembre. Les ouvriers en profitèrent pour tresser des paniers dans les granges et Suzanne prit le registre des digues, mais le rejeta avec dépit.

— Où en suis-je moi-même? se dit-elle, me voilà: l'osier, les digues, le registre. Si je partais en voyage, remplacée ici par ce vieux, mes oseraies se perdraient faute de soins, et moi seule je connais les points faibles des digues. — Le mot de grand-père, le grand bourgmestre: «Nous seuls connaissons ici le sens exact des mots: digues — irrigations — drainages».

Ainsi la voix du père et du grand-père retenaient Suzanne au village, comme celle de la grand-mère l'avait empêchée de répondre à l'amour. Qu'elle était lasse; Ah! quelqu'un avec elle, près d'elle, qui dirigerait tout cela. Des enfants dans la maison et une barque au soleil... Larix n'était plus revenu.

Joke entr'ouvrit la porte:

— ...Susse est là!...

Susse, debout et ruisselant, s'excusait de salir ainsi le carreau de la cuisine:

— Zelle Zanne, je profite de la pluie pour venir. Mon garçon est à la maison et me remplace. C'est pour le nourrisson... ça traîne cette affaire, et ça coûte.

— Si l'administration tarde, Susse, je paierai sa pension en attendant.

— Vous êtes bien bonne Zanne! cria Joke, jamais votre grand-mère n'aurait permis une telle chose, et pour votre récompense, Dieu sait ce que les gens diront!

— Oui, mais... qu'ils essaient seulement avec moi! jura Susse.

— Qu'est-ce que c'est? demanda Suzanne d'un ton de froide colère, qu'elle prenait rarement, et qui exaspéra la vieille Jo.

— Ce que c'est? ce que c'est? Ce cochon de Knie a raconté partout que c'était un enfant à vous et à Triphon; que votre père a caché la chose en payant la fille de Tamise, mais qu'il en est mort de honte et de colère; que moi j'ai aidé à tout tenir secret; moi et Susse et Finne. Qu'on a envoyé Triphon en Angleterre pour en faire un monsieur et vous épouser après; mais qu'il a trouvé plus riche que vous. Que vous finirez par prendre l'enfant à votre charge et que ça sera bien la preuve! Et les gens qui ont le sens commun ont beau répondre que c'est des sottises, certaines commères croient tout. Et voilà! Et Monne le brasseur ne vient plus jamais ici parce que sa mère le croit, ou plutôt qu'il lui suffit que cela se dise! Et j'ai été bien bête de ne pas vous le raconter plus tôt. Mais... M. Jules défendait qu'on vous parle de choses comme cela... on a gardé l'habitude maintenant que vous êtes seule et si moi, je... Joke serra soudain la bouche si énergiquement que le bout de son menton rejoignit presque son nez.

Suzanne, d'abord ahurie, se ressaisit et regarda Susse qui, embarrassé, contemplait les dessins de sable tracés au balai sur le carreau rouge de la cuisine.

— Eh bien! Susse, le village dira ce qu'il voudra. Je suis au-dessus de ces sots racontars. Je paierai la pension de l'enfant, et même... je l'adopterai si cela me plaît.

— Et moi, dit Joke, je m'en vais alors expliquer tout cela à votre tante — je ne veux pas de reproches plus tard, quand cette histoire éloignera tous les épouseurs, et que vous pleurerez de rester vieille fille!

Suzanne allait répondre violemment. Mais elle songea soudain à la simple, vieille petite Madame Larix, s'étonnant: « Vous ne faites pas d'ouvrages de main? » et à ce qu'elle penserait si on lui disait: « Cette Suzanne Briat s'occupe d'un petit enfant naturel. On dit qu'il est d'elle... Son père la laissait courir seule avec le beau Triphon ».

... Et d'une voix tremblante et basse: « Susse, dit-elle, je crois que Joke a raison: qu'on le mette à l'orphelinat. »

Elle sortit vivement de la cuisine et pleura de dépit d'avoir dû céder... c'était la première rupture de la digue d'orgueil, édifiée par trois générations de Briat et qui l'élevait comme intangible au-dessus de son village. De tous côtés, elle sentait sa personnalité nivelée, enlisée, un moyen lui restait de se sauver, de ne pas vieillir aigrie et solitaire: Max Larix.

Et comme le paysan du Weert, tenace et patient, dit: si le lapin ne rapporte plus j'élèverai des canaris; et si mon champ est épuisé de betteraves, je planterai l'asperge, elle sécha ses larmes et dit rageusement à mi-voix:

— Et si je n'épouse pas Max Larix, j'irai chercher l'enfant à l'orphelinat, je l'adopterai et on dira ce qu'on voudra, j'en ferai ma fille!

LA KERMESSE D'AUTOMNE

Monne le Brasseur ne se montrait donc plus et Larix ne donnait pas signe de vie; jusqu'où courait la calomnie de Knie?

La préoccupation de gérer, d'améliorer ses biens, le désir d'être «Comtesse des digues» absorbèrent Suzanne.

Seuls sa passion pour le pays et son goût de la nature la sauvaient encore des préoccupations villageoises, mais dans ses promenades, au lieu de jouir seulement du vent, du ciel, de la lumière sur les feuilles, elle commençait à n'épier que leur influence sur la culture, à calculer le rapport d'un champ ou d'un pré.

Elle se trouva, un soir de grande fatigue, dans le fauteuil de sa grand-mère, «faisant sa caisse», son argent rassemblé au creux de sa jupe, son livre de comptes sur son genou. Joke entra et lui dit d'un air ravi:

— Que vous êtes bien assise là, tout à fait comme feu Madame Briat!

Suzanne se redressa vivement. La monnaie et les billets s'éparpillèrent. Non, non et non! se dit-elle. Mais il fallut bien se baisser et aider Joke à ramasser les sous, les francs et les papiers.

— Vous n'avez pas oublié que c'est dimanche kermesse? demanda la vieille. Je voudrais passer ce jour chez notre Klette. Irez-vous à la briqueterie?

— Je préfère me promener, comme au temps de père, murmura Suzanne.

Jamais elle n'avait pu se mêler aux plaisirs de la kermesse:

— Il n'y a là personne de votre rang, disait grand-mère.

M. Jules évitait aussi les fêtes villageoises.

— Suzanne, disait-il, pour notre kermesse, nous nous promènerons à Luypeghem, nous irons à la digue de Branst, nous passerons l'eau et nous examinerons les travaux de la Durme en amont de Hamme.

Souvent, la pluie mouillait cette kermesse d'automne, ils partaient sous le vol tournoyant des corbeaux. Octobre rougeoyait dans les bois noyés, la lisière seule verdissait d'herbe ras-tondue, l'émeraude des digues semblait plus vive encore qu'au printemps, à travers les feuilles mortes qui les pointillaient d'ocre et de rouge.

Quand M. Jules n'avait plus pu marcher, il envoyait Suzanne aux lieux qu'il aimait, et le soir elle expliquait au malade la couleur de l'eau, le visage de la marée, le parfum de la pluie ou du beau temps.

Cette kermesse-ci, la première depuis son deuil, le temps fut beau.

Elle marcha passionnément. Le sol était mou des pluies récentes; dans les chemins de traverse, elle songea aux minces souliers de Max Larix, et soupira. Les taillis d'aunes retenaient de leurs racines rouges le limon fluant; les fossés de drainage stagnaient et de douces campanules mauves s'attardaient à fleurir. Suzanne examina un lopin, acheté jadis à bas prix par son grand-père, et lentement amélioré en plantant des aunes. Bientôt, se dit-elle, nous pourrons cultiver de l'osier ici... Se sentant ainsi reprise par ses préoccupations professionnelles, elle réagit: «N'aurai-je pas *ma* kermesse alors que tous chôment?» Elle hâta le pas et rencontra la grande digue durcie sous l'herbe drue, rase, et que pas une taupinière ne déparait. En contrebas, des peupliers dorés frémissaient.

Face au soleil, les talus herbeux étaient tièdes. Suzanne y étendit son manteau et se coucha tout de son long. Dans la solitude complète, elle se déchaussa, détacha sa blouse et, ses beaux bras nus sous sa tête, elle jouit d'être jeune, belle et seule au grand soleil, à même le sol aimé, sans pensées, et l'odeur de l'Escaut aux lèvres.

Elle mangea ses tartines, puis descendit au passage d'eau et appela. Une fille brune et rousse, pieds nus, détacha la barque.

— Demain, j'irai en canot, se dit Suzanne en sentant le gonflement de l'eau sous l'esquif.

— Fuyez-vous la kermesse, zelle Suzanne? dit la fille. J'ai passé bien des gens qui s'y rendaient!

— Je suis encore en deuil, Rosalie...

— Et qu'est-ce que cette histoire de Triphon, zelle Zanne? Est-ce vrai qu'il s'est marié en Angleterre?

— Le secrétaire le dit.

Elle parlait avec calme, mais elle se remit à souffrir.

Si elle l'avait voulu! c'est avec Triphon, qu'elle eût joui aujourd'hui de cette promenade. Elle oubliait qu'elle eût peut-être dû le suivre à la kermesse.

De l'autre côté de l'Escaut, le sol, les petites maisons, l'accent des habitants changent et la Durme chemine, tendre et molle, vers l'Escaut.

Les digues réparées l'an passé, tenaient. De loin, on voyait l'herbe d'un vert plus tendre, revêtant les parties neuves. Cette pièce au vieux rempart des digues troubla Suzanne.

— Ce n'est plus la même chose... et moi, je ne suis plus la même. J'ai envie de tout et rien... depuis... depuis quand? Elle chercha. Depuis la mort de son père? Non de la tristesse mais pas d'énervement. Depuis que sa tante l'avait mise en garde contre Triphon?... non plus... Depuis qu'elle en avait rêvé comme épouseur?... non... non... Ah! exactement depuis que Triphon lui avait pris ce baiser, elle ne se suffisait plus à elle-même.

Elle abrégea sa promenade, repassa l'Escaut au moment où le courant d'air froid du couchant descendait avec la marée, et traversa le bois de Luypeghem. Le vol des corbeaux s'effarait dans le ciel pur et triste. Le calme était tel que les peupliers ne tremblaient même plus.

Elle marcha vers la chapelle, s'agenouilla devant la Vierge, puis, s'avouant vaincue, elle se pencha... se pencha et trempa sa main dans l'eau qui ne gèle jamais, afin de se marier dans l'année.

Elle sentit que c'était sa seconde défaite.

Lentement, elle retourna vers le village. Des éclaboussures de bruit l'atteignirent. Le soleil couché, le vent se leva, sautant à l'ouest, et une brume envahit les prés et les champs humides. Ce fut l'automne.

Au Weert, des enfants las se pressaient autour d'une charrette de crème-glace dont l'or et le blanc brillaient dans le crépuscule. Par la fenêtre des estaminets, on distinguait des orchestrions ruisselant de lumière. Des couples tournoyaient dans la fumée des pipes et des cigarettes. Vertiges jamais éprouvés — solitude de femme.

«Je penserai à père toute la soirée... à ce que je lui aurais raconté.»

Suzanne alluma sa grande lampe à pétrole, prit le registre des digues et le rejeta...

«Non! je chôme aujourd'hui, se dit-elle. Et bien! en souvenir de père, je lirai le Télémaque, et de ces pages qu'il me dictait chaque jour renaîtra sa voix.»

Elle ouvrit au hasard le vieux livre et lut:

Nous arrivâmes en l'île de Cypre au mois du printemps consacré à Vénus. Cette saison, disaient les Cypriens, convient à cette déesse; car elle semble animer toute la nature et fait renaître les plaisirs comme les fleurs...

Le printemps... Suzanne sourit vaguement, soudain heureuse et consolée, tandis que le vieux chien Max posait tendrement une patte sur son genou en la voyant s'étendre dans le grand fauteuil.

Dehors, une pluie fine noyait ce pays flottant entre l'Escaut et les vastes étangs. Des draperies de nuit et d'humidité voilaient l'inaccessible château…

NOVEMBRE

Suzanne aimait novembre, qui passe du recueillement des brouillards à l'affolement des tempêtes, pour retomber dans une torpeur grise. Elle s'enfonçait vers l'hiver avec le soleil, atteignait décembre et jouissait du solstice en se sentant remonter vers la lumière. Cette année, comme les années précédentes, elle marcha sans cesse par les digues. Elle ne pouvait ni ne voulait faire moins que du temps de son père. Or celui-ci ressemblait à ces gens nerveux qui, la nuit, se relèvent plusieurs fois pour voir si les lampes sont éteintes et les portes fermées. Ils savent parfaitement que rien ne cloche, mais une sorte de scrupule les oblige à vérifier. Pendant sa longue maladie, M. Jules s'agitait: «Suzanne, allez donc à l'oseraie de Schueren; il y a là un coin de digue où le limon glisse...» Puis l'inquiétude du malade se portait sur tel autre point: «Je crains que vous n'ayez mal vu, Suzanne; les taupes ont joué au printemps à Luypeghem. Retournez et dites-moi...»

— Zelle Zanne et son père ont gâté le métier, grogna, un soir, au café, le greffier des digues. Ils y ont consacré tant de journées que jamais un autre Dyckgraef ne pourra s'en occuper autant. Et c'est inutile! Quatre inspections l'an suffiraient. Le successeur de M. Jules l'aura dur. A la moindre alerte, on dira que les digues ont été négligées...

Verbeeck, avec lequel il buvait, répondit:

— Il faut reconnaître que depuis leur gérance il n'y a pas eu de rupture dans leur réseau.

— C'est une raison pour que cela arrive bientôt, dit le greffier. Les ruptures... il y en a tout de même de temps en temps. Voyez le nombre de *Wiele*.

— Pourquoi, dit Verbeeck, ne pas nommer Zanne Briat? Moi, je voterais bien pour elle. Mes oseraies seraient détruites en cas de rupture. Susse assure que Zanne Briat connaît mieux que personne les digues et la marée!

— Possible, Verbeeck, rétorqua l'autre, mais, tout de même, savez-vous seulement si le règlement permet de nommer une femme? Puis... qu'est-ce que cette histoire d'enfant et de Triphon que Knie raconte?

— Knie est insensé! riposta le vannier. Puis, quand ça serait vrai, ça n'a rien à voir avec les digues. Que les digues soient bien surveillées, moi, je me fous du reste!...

Et il ajouta une plaisanterie grivoise qui mit en joie tous les buveurs.

...Ainsi passait novembre. Ce fut le 20 au soir que Suzanne, rentrant, mouillée et fatiguée, reçut l'annonce de mort de Mme veuve Larix, «pieusement décédée à Berchem, munie des secours de la religion». Ses enfants annonçaient:

M. et Mme Baptiste Larix,
M. Max Larix,
M. et Mme John-Henry Mac-Gregor Larix.

Diverses pensées se bousculèrent en Suzanne. D'abord, le «Pauvre vieille dame!...» puis le soulagement: «Ah! sa mère était malade; c'est donc pour cela qu'il n'est plus venu...»

Puis, en examinant l'annonce, une forte surprise: «John-Henry Mac-Gregor»: l'adresse de Triphon! Oh! c'est la belle-sœur d'Anna Larix que Triphon a épousée! C'est pour cela que Max a empêché sa mère de parler de cette lettre d'Angleterre! C'est donc qu'on lui avait dit que Triphon… que moi… Et si c'était pour *cela* que Max n'est plus venu me voir!

Le service aura lieu à l'église Sainte-Willebrord, à Berchem, le 23 novembre, à 10 heures…

«J'irai!»

— Joke! la vieille dame qui est venue au mois d'août…

— La *sukkel*… [1] Vous irez au service, Zanneke?

— Eh oui, Joke…

— Ce garçon va encore hériter, déclara la vieille.

Et elle se retira à la cuisine pour éviter une rebuffade. Joke parlait quelquefois toute seule:

— Ah! je ne me tairai plus à cause des idées de M. Jules. Cette fille a besoin d'un guide de bon sens, et qui le lui dira, si ce n'est moi?

1. La pauvre…

SERVICES

En été, de jolis bateaux à vapeur, blancs comme des papillons transportent excursionnistes et riverains de Tamise à Anvers. Mais l'hiver, le service étant diminué, la compagnie n'y emploie qu'un vieux bateau tout noir.

Malgré l'inconfort et le froid, Suzanne le préférait au train. Qu'importait l'odeur moisie de la cabine! Elle resterait dehors.

Le jour de l'enterrement de Mme Larix, Suzanne prit le bateau, s'assit, seule passagère, à l'arrière, regardant les remous jaunâtres de l'hélice et les berges grises noyées de pluie. Bientôt elle vit se profiler l'embarcadère de Buiteland et distingua le drapeau blanc, marqué d'un W rouge: signe qu'il fallait y prendre un passager. Le bateau accosta. Un gros homme embarqua, pénétra dans la cabine. Il en ressortit bientôt et s'approcha de Suzanne:

— Bonjour, mademoiselle!... Bien trop étouffant, la cabine... Ici, nous sommes abrités par la galerie.

— Bonjour, monsieur Verbeeck, dit Suzanne. Allez-vous à Anvers?

— Oui, pour l'enterrement de la vieille dame Larix. Les enfants auront du chagrin, Max surtout, qui n'est point marié, et Anna, quoiqu'elle habite l'Ecosse... Mais avec la belle-fille... je crois qu'elle ne s'entendait pas.

— Vous connaissez donc cette famille, Verbeeck?

— Je crois bien! J'étais employé à la vannerie du père avant la guerre et j'y ai appris mon métier. Mme Larix ne se portait pas mal alors, mais, depuis, elle s'est trop chagrinée à cause de sa fille mariée si loin. Un brave homme, pourtant, cet Anglais, un gros fermier. J'ai gardé de bonnes relations avec eux, aussi est-ce à moi qu'Anna s'est adressée quand ils ont voulu planter l'osier là-bas. Je leur ai envoyé Triphon et il a épousé la belle-sœur d'Anna. Vous savez cela?

Suzanne, se sentant observée, dit froidement oui, mais ne peut s'empêcher d'ajouter:

— A propos, comment s'est fait ce mariage?

— J'ai à m'excuser de vous avoir enlevé Triphon, mais je ne connaissais personne d'aussi compétent... Puis, qui pouvait prévoir?

Il y avait, dans le ton de Verbeeck, quelque chose de railleur qui déplut fort à Suzanne. Elle ne répondit rien, et Verbeeck poursuivit:

— Est-il possible que personne ne vous ait raconté cela! Tout le monde en a parlé et Joke doit le savoir. Il y eut, cet été, en juillet... août? un gros orage ici, mais surtout en Ecosse... Les journaux l'ont mentionné. Ce soir-là, Triphon et la demoiselle, après une promenade en bicyclette, ont été surpris par l'orage. Ils se sont réfugiés dans une cabane de berger... ou dans une ruine, et y ont passé la nuit. En Angleterre, on ne badine pas avec la réputation des demoiselles. Le pasteur s'en est mêlé, puis la demoiselle était, paraît-il, follement amoureuse.

Le bateau, dépassant le ponton de Steendorp, virait vers le milieu du fleuve. La pluie leur jaillit à la figure. Suzanne la sentait ruisseler sur ses joues.

— Il pleut bien fort, dit Verbeeck. Ne préférez-vous pas rentrer?

— J'aime la pluie, monsieur Verbeeck.

Les bords du fleuve se hérissaient de cheminées, comme de gigantesques arbres de briques.

Le vent fraîchit. Ils dépassèrent Rupelmonde et sa légendaire tour de Jacqueline de Bavière. Suzanne pensait à la populaire histoire. Jacqueline de Bavière, emprisonnée dans cette tour sombre, avait pourtant trouvé moyen de fabriquer de la poterie. Ces sortes de brocs en terre se nomment encore des jacquelines. «Et moi, à cause de ce grand Triphon qui m'a oubliée, je ne pourrais plus me fabriquer une vie, un bonheur?» Mais bien au fond d'elle-même une voix trouble appelait: «Triphon... Triphon...»

La rade d'Anvers — ses kilomètres de quais — et tous ces bateaux, depuis les allèges jusqu'aux immenses transatlantiques! Là-bas, le bateau du Congo, tout blanc dans le ruissellement sombre de la pluie. Comment pouvait-il exister en ce moment un pays illuminé de soleil?

Verbeeck descendit sur le quai avec Suzanne.

— Je me demande, dit-il tout en marchant, si Max restera dans les affaires avec son frère. La belle-sœur est âpre et désagréable, et Baptiste faible de caractère. Max ferait mieux de se séparer d'eux et de commencer une affaire à lui, une vannerie, par exemple...

Il regarda Suzanne à la dérobée.

Elle n'était pas préparée à l'attaque et répondit, vexée aussitôt d'y être prise:

— Est-il fort en affaire?

Et Verbeeck, satisfait:

— Oui et non... Seul... je crois qu'il n'arriverait pas. Il se promène... comme cela... et de temps en temps il a une idée superbe. Aux autres de la cueillir... Mais, à propos, mademoiselle, comptez sur ma voix au conseil des digues. Personne, jamais, ne pourra se promener autant que vous!

Suzanne, excédée, se taisait. Le tram les mena près de la vieille église, au moment où, de la chaussée de Malines, arrivait le convoi funèbre... le traditionnel convoi, composé de l'immense corbillard, sorte de berceau de bois noir surmonté d'un dôme doré que soutiennent quatre grands anges. Les chevaux sont enveloppés de drap noir, empanachés de plumets. Les cochers, en bicorne et lévite noirs, ont un nœud de crêpe au fouet. Deux pleureurs ou prieurs suivent, coiffés, eux aussi, de bicornes d'où pendent de longs voiles de deuil. La file des voitures venait ensuite, lanternes allumées et voilées de crêpe.

Suzanne et Verbeeck, arrêtés sur le trottoir, attendirent, pour entrer à l'église, la fin du défilé.

— Ils ont bien fait les choses, bavarda le vannier. Je suis sûr que c'est la belle-fille qui l'a voulu... Orgueilleuse comme tout!... Et Max, là, dans la voiture... Pauvre garçon, qu'il a de la peine! Et voilà Tiste et sa femme, et... cré nom! voici Triphon et la sienne! Il aura profité de cette occasion pour prendre l'air du pays, ou bien c'est sa petite Anglaise qui désirait un voyage... un voyage de noces... ou peut-être est-ce pour acheter des plantes d'osier... Je le saurai bien, allez! car il viendra à la vannerie!

Suzanne, figée, semblait ne plus pouvoir bouger.

Enfin, machinalement, elle pénétra dans l'église. Une centaine de personnes s'y trouvaient. Elle prit place à gauche, tandis que Verbeeck rejoignait le côté des hommes. Dans le chœur, la famille. Suzanne apercevait un Max Larix au visage si contracté qu'une pitié infinie l'envahit. Elle vit aussi Triphon, de dos, en correct pardessus noir que sa statue d'Hercule rendait étriqué, mais avec sa même allure noble et calme. Suzanne ne pouvait s'empêcher de le regarder... le regarder à s'en emplir les yeux, oubliant de suivre le service, oubliant Larix... Enfin, l'offrande commença. Les hommes de la famille défilèrent d'abord, puis les amis, puis les femmes de la famille, enfin Suzanne.

Le hasard voulut qu'au moment où Triphon redescendait à la droite du chœur, Suzanne y montait à gauche. Triphon remit son cierge au sacristain, tandis qu'elle prenait le sien des mains de l'enfant qui le lui tendait... Leurs regards se croisèrent, et tous deux pâlirent. Triphon lâcha son cierge avant que l'homme ne le reprit et le cierge tomba. Suzanne oublia de saisir celui qu'on lui donnait et il tomba aussi. Max Larix, de la stalle, regarda, comprit la scène et malgré son chagrin, posa des yeux si interrogateurs et si désolés sur Suzanne que celle-ci, quand ce fut son tour de passer devant lui, inclina la tête en lui souriant doucement et tristement.

Elle sortit tout de suite, se sauvant dans la pluie. Elle retourna au port et attendit au café du promenoir l'heure de son bateau.

La pluie avait une vertu calmante sur Suzanne. Elle éprouvait une détente de tous ses nerfs dans le ruissellement de ces pluies de novembre qui s'installent comme des choses définitives. Si Suzanne avait rencontré Triphon par une frémissante journée de mars, toute sa nature jeune et forte en fut demeurée bouleversée.

Maintenant, après un grand coup au cœur, dont elle avait vacillé, elle reprenait son équilibre. Quand elle rentra chez elle dans la chaleur et le confort villageois, elle se réjouit d'avoir peu souffert. Et ce Verbeeck qui s'était amusé de son trouble! (mais lui aussi voterait pour elle).

Ah! Joke ne lui avait pas raconté le mariage de Triphon? Et bien! *elle* ne dirait pas à Joke que Triphon assistait au service de Mme Larix... Aux questions de la vieille, elle dit avoir voyagé avec Verbeeck et que le service était très luxueux.

— Ça coûtera bien 6.000 francs, dit Joke, mais ils peuvent se payer cela.

Suzanne étendit ses vêtements mouillés devant le feu de la cuisine:

— Demain matin, Joke, si la pluie persiste, j'irai aux digues. Ça pourrait se raviner.

— En ce cas mettez votre ciré!

— Oui... oui... Joke, et mon suroît aussi!

Le soir, le vent se leva. Il déchirait de gros nuages,

chassait de l'ouest, battu de rafales soudaines. Suzanne s'inquiéta.

— Et demain pleine lune! le pire temps pour les ruptures! et... il y avait... un point... au Branst.

LA DIGUE

Elle partit au petit jour de novembre, et prit par la digue. Le vent la jetait en avant. Aux tournants, quand il l'attaquait de biais, il lui fallait lutter pour se maintenir. Un ciel fiévreux où les nuages se bousculaient, gris sur gris, des rafales de pluie, un Escaut des mauvais jours. Personne sur les digues. Au Branst elle découvrit ce qu'elle redoutait: une place amollie par les taupinières, un ravinement où la pluie, en s'écoulant, entraînait des touffes d'herbes. Suzanne ne s'attarda guère:

— Marée haute à trois heures, il faut que tout soit réparé avant...

En rentrant au village, elle rencontra le secrétaire.

— Un télégramme d'Ostende! se dit-elle aussitôt, saisie.

En effet, c'en était un qui prévenait la commune d'une marée inusitée, poussée par le vent, et aggravée par la pluie dont tous les ruisseaux venaient grossir l'Escaut.

Alors, avec l'aide du greffier et des entrepreneurs on rassembla des ouvriers, chacun, muni de ses outils.

«Dans les grandes marées et toutes les fois que le polder courra le danger d'être inondé, le comte des digues, Dyckgraef, se rendra sur la digue exposée et ne la quittera que lorsque le danger sera entièrement passé.» «C'est l'article 36», devenu dogme de l'honneur dans la famille Briat.

Quand Suzanne et ses hommes arrivèrent au Branst, l'endroit menacé s'effritait déjà dans le courant violent. Alors ce fut la lutte.

Les alluvions enlevées des prés étaient amenées à la brouette, jetées en hâte et consolidées par des fascinages. Chacun travaillait comme s'il y allait de sa vie. Sur le visage des ouvriers, la sueur se mêlait à la pluie. Suzanne, angoissée, observait la marée et le jeu des remous.

— Encore une heure, cria-t-elle aux gens, tenez encore une heure et nous sommes sauvés. Verbeeck était là, il possédait des oseraies au Branst.

— Comment avez-vous su que c'était ici zelle Zanne?

— Je suis venue ce matin, Verbeeck, j'avais repéré des taupinières dans une de mes dernières promenades.

— Je m'en vais travailler aussi, s'écria le gros Verbeeck, j'ai apporté mon matériel.

— Tenez, tenez bon, criait Suzanne, elle ne montera plus longtemps, je le vois aux remous.

— Le diable est dans l'eau..., murmura le greffier qui arrivait en soufflant...

— Taisez-vous donc greffier, lui ordonna sèchement Suzanne.

Quelques ouvriers, à bout de forces, durent se reposer et burent le genièvre que les entrepreneurs offraient.

Alors, Suzanne aperçut un étranger qui, s'emparant d'une brouette, les relayait. C'était Triphon, en costume de monsieur, prenant part à la lutte.

— Il ne peut pas s'empêcher, dit Verbeeck à Suzanne. Il était chez moi pour des osiers à choisir et acheter. Mais... c'est dans sa race. Il ne peut s'empêcher. La petite Anglaise, rose comme un bonbon, fera une tête en le voyant rentrer ce soir sous une carapace de boue!

Suzanne ne répondit rien. Le premier émoi passé, toutes ses forces se tendaient vers la digue et la marée. Elle concentrait son intelligence, son expérience à comprendre le jeu des flots, à diriger le terrassement. Le courant enfin lui sembla ralentir. Une large flaque boueuse s'étendait dans les prés d'où l'on arrachait l'alluvion. On gagnait du terrain...

« Jusqu'à ce que tout danger soit écarté, le comte des digues demeurera... »

Vers quatre heures, à l'obscurité tombante, la marée rebroussa. Les ouvriers un à un partirent trempés, épuisés, se sauvant vers leurs foyers.

Le greffier, le juré, le directeur des travaux, se hâtèrent vers le village. Jusqu'à Verbeeck, mouillé à mi-corps, était retourné chez lui, Suzanne ne voyait plus Triphon. Pas une seule fois, leurs regards ne s'étaient rencontrés. Enfin, dans le crépuscule, elle aussi prit le chemin du village. Elle était si lasse, si transie, corps et âme, qu'elle évita les digues où le dur vent la prendrait de face. Elle descendit, et, par le bas chemin limoneux, marcha lentement, comme dans un rêve de fatigue et d'abattement. Elle ne songeait plus à Triphon, ni à Larix, ni à elle-même — seulement à retourner au gîte, à se réchauffer. Mais elle rencontra le Knie. Il rôdait toujours autour des travaux ou des événements importants.

— Ah, ah ! ricana-t-il, maintenant vous en aurez deux, l'Anglais et l'autre.

— Taisez-vous Knie, vous avez bu, dit Suzanne, et laissez-moi. Je suis fatiguée, je n'ai pas envie de parler...

— Fatiguée ! je le crois — mais si vous avez eu deux amoureux, vous pouvez bien en prendre trois, pas trop fatiguée pour un baiser au troisième, hein ?

Il voulut lui prendre le bras, mais Suzanne, sur ses gardes et malgré sa fatigue, se mit à courir. Elle allait vite, et le rebouteux, gêné par l'ivresse, trébuchait et glissait dans la boue.

Malheureusement, au coude du taillis d'aunes, elle s'enfonça si profondément dans une ornière, qu'elle glissa sur le côté, tandis que l'ivrogne arrivait sur elle. A ce moment du coin du bois, surgit un homme qui empoigna le Knie et le lança avec tant de violence à plusieurs pas, qu'entraîné par son élan, il fléchit lui-même sur les genoux près de Suzanne, qui se relevait trempée.

— Triphon, oh Triphon!... Elle sanglotait nerveusement, tandis que le jeune homme hors de lui la prenait dans ses bras.

Knie s'esquiva prudemment.

— Zanneke... Zanneke.. toute ma vie! balbutiait-il... toute ma vie!... Comment ai-je pu! Mais vous n'écriviez plus... et là-bas, j'ai été pris dans cette histoire. Et elle était si jolie et si désolée... et je ne connaissais pas leur langue... et j'ai pensé que vous n'auriez jamais... jamais voulu m'épouser!

— Triphon..., disait-elle, je voulais et je ne voulais pas... je crois qu'à la fin j'aurais voulu! Oh! comment êtes-vous ici?

— Je voulais vous parler... je vous avais vue partir par ici... j'ai traversé le bois. Zanneke, un baiser, donnez-moi un baiser comme avant de partir...

Elle était dans ses bras. Elle sentait ce corps puissant, sa chaleur. L'excès même de son bouleversement la fit soudain s'écarter. Un instinct l'avertissait que si elle cédait quelque chose, elle donnait tout.

— Non... non... Triphon... votre femme... Je.. je n'ai jamais trompé personne!

Dans sa détresse, elle répéta les dernières paroles de son père... ces paroles que de son vivant, il disait chaque fois qu'on lui proposait de «finasser» une affaire.

Triphon, saisi, se les rappela.

— Non... dit-il... je... je n'ai que ce que je mérite!

— Triphon, cria-t-elle encore, le nourrisson de Finne, est-il à vous?

Triphon la regardait sans comprendre.

— Triphon! répondez... ira-t-il à l'orphelinat? Triphon, est-ce votre enfant?

— Non..., dit-il; et il s'éloigna rapidement.

FIÈVRE

Suzanne arriva chez elle, épuisée. Joke ne dit rien, lui donna du cognac et du lait chaud, la changea et lui dit de se mettre au lit.

— Du trop dur ouvrage pour vous, conclut-elle. Il est temps qu'il y ait un homme dans la maison.

Quelle fièvre! Joke craignait une pneumonie.

« Si elle tousse dur, comme feu notre Wannes, j'appellerai le docteur. »

Elle lui mit des cataplasmes de farine de lin sur la poitrine et le dos, elle lui fit de la tisane et Suzanne se laissait aller à ses soins naïfs. Au bout de trois jours elle se réveilla convalescente et Joke lui apporta du café. Puis, debout à côté du lit, un coin de son tablier relevé, son bonnet de laine noire bien droit sur sa tête blanche, elle dit:

— Meske [1], il est arrivé quelque chose. Cette boue sur vos vêtements ce n'est pas seulement la pluie. Vous êtes tombée. Vous allez me raconter cela!

Et Suzanne dit tout. Le service et le cierge et Triphon. Et le Knie et encore Triphon... « Et Joke, jamais, jamais, je ne blâmerai plus les filles qui fautent, puisque moi, moi, avec toute mon éducation et toute ma fierté, j'ai presque cédé à Triphon, là, dans la pluie et la boue, à un homme marié, ah! Joke, quel bonheur! quel bonheur! que je l'aie repoussé! Mais quelle fille suis-je devenue depuis

1. Fillette.

que père est mort. Avant je n'avais jamais pensé à un garçon!»

— Il ne faut pas pleurer pour cela, Zanneke, dit la vieille. J'en ai vu et entendu d'autres. Une honnête fille ne cède pas si vite. Et je crois que vous n'avez pas été si près de céder… être élevée comme vous par votre père… ça fait aussi une digue… seulement puisque vous avez tant désiré un homme, que vous en avez eu peur de lui, mariez-vous!

Suzanne ne répondit rien, mais, la vieille sortie, elle sourit en songeant qu'elle n'avait pas seulement résisté pour elle-même mais qu'elle s'était gardée pour Max Larix aussi.

— Max! mon vieux Max! appela-t-elle soudain, avec bonne humeur.

Le vieux chien, couché sur le tapis, posa ses deux pattes sur le lit.

PATINAGE

L'hiver radieux s'épanouit en légères gelées d'azur, en neige bleue et blonde. Plus beau que l'été, plus pur que le printemps et aussi fugitif que lui.

Suzanne ne se souvenait pas d'avoir vu plus de quinze jours de froid... Cette année-ci, quel délice que ce Noël de neige; et Larix s'annonçait, un de ces jours, pour lui parler d'un bien à acheter.

Ce fut le dimanche. Elle avait soigné sa toilette, mis sa robe des jours de tante Brique. Il la trouva plus demoiselle, mais lui-même était aussi débraillé que d'habitude. Suzanne s'embarrassa en pensant qu'il fallait lui parler de sa mère: Elle dit:

— Je n'oublie pas votre chagrin.

Il eut un reflet de ce visage désolé aperçu au service:

— Oui... que voulez-vous... ce sera long à surmonter... mais... il n'y a rien à faire, et il parla de la maladie de sa mère. Suzanne lui demanda s'il chantait encore.

Il inclina la tête:

— Oui, plus que jamais, ma mère aimait mon chant.

Puis changeant brusquement de ton:

— Et vous, Comtesse, remise de la grande aventure?

Suzanne, saisie, le regarda.

— Oui, oui, Verbeeck m'a raconté que vous avez à vous toute seule évité une inondation; que cette fois votre élection est assurée, et que jamais un autre que vous n'aurait pensé à vérifier la digue en cet endroit-là, le matin de la grande marée!

Suzanne rit, soulagée:

— Oh! c'est père qui m'a appris... mais quelle est l'affaire dont vous vouliez me parler?

— Mon frère et moi désirons sortir d'indivision. Je voudrais placer mon capital en oseraies, que je louerais à Verbeeck ou à un autre, si... si je pars pour le Congo.

— Comptez-vous donc partir pour le Congo?

— J'en ai toujours eu envie; je ne le laissais que pour ma mère... mais... cela dépendra de beaucoup de choses... en tout cas vous êtes au courant des ventes, Comtesse, avertissez-moi.

— Je vais en prendre note, dit Suzanne, ressaisie par sa profession, le prix?

— Oh! je puis acquérir une grosse propriété ou plusieurs petites.

— Il y a un petit pré à vendre entre Tamise et Hamme, Monsieur Larix.

— Voyons cela. Pourriez-vous m'y conduire maintenant?

— Non... j'attends une petite cousine avec son fiancé. Le vieil Escaut est pris. On patine du Weert au Sas.

— Eh bien! Eh bien! mais je sais patiner, moi!

— Avec vos souliers légers? désigna Suzanne, reprise d'une affectueuse camaraderie.

— Non, non, j'ai d'excellents patins. Mais pas ici malheureusement...

— Je vous prêterai ceux de père! s'écria Suzanne.

Marieke arriva suivie de Pol.

Les choses commençaient comme dans son rêve:

« Vous n'avez rien à me dire, Triphon, avant de retourner en Angleterre? Seulement... c'était avec Larix. Elle transposa dans sa pensée:

— Vous n'avez rien à me dire, monsieur Larix, avant de partir pour le Congo?

Quel agréable camarade que Larix!... mais elle se sentait calme près de lui. Pourrait-elle l'aimer comme Triphon, avec ce sentiment de sécurité en plus? Mais lui?

Il semblait si réservé, si peu amoureux... puis, il devait croire... Dieu sait quoi... que lui avait raconté Verbeeck... ou le Knie?

Ils patinèrent toute la matinée, déjeunèrent rapidement, tous les quatre, puis on recommença. Le château féerique et bleu rêvait au bout d'un miroir merveilleux que n'effleurait pas un patin, une sorte de cercle magique, de ligne idéale défendait aux patineurs de s'en rapprocher.

Tout le village était sur la glace. Des garçons sur de bas traîneaux s'élançaient à l'aide de bâtons ferrés. Le soleil oblique luisait et ricochait; le vent d'est bruissait dans les roseaux secs et entraînait des feuilles mortes sur la glace.

L'ivresse du patinage montait avec le crépuscule. Marieke Verschueren et Pol s'alanguirent en lents balancements, elle ne bavardait plus comme le matin, elle se serrait plus tendrement contre le grand Pol.

Larix ne courtisait pas Suzanne mais il semblait rajeunir, tous nerfs détendus. Il s'appliquait puérilement à des acrobaties de patinage, suivies souvent de chutes. Il engagea Suzanne à s'y essayer.

— Il y a un tour fameux, Comtesse, mon père le connaissait. Cela s'appelle le *contre roctinambole de Cadichon*. Voyez, un *trois*, un coup de reins et... ça y est... si on ne tombe pas.

Chaque fois, il perdait à demi l'équilibre, puis se rattrapait avec souplesse. Suzanne retrouva sa première impression: un chat honnête. Elle éprouvait un léger dépit de ne point le sentir troublé par elle, comme dans son rêve:

«N'avez-vous rien à me dire, Triphon?» Mais c'était Max. S'il parlait, elle ne pourrait pas dire non, ne plus le revoir, ne plus entendre sa voix sympathique, ne plus voir sa silhouette débraillée. Mais il avait l'air indifférent... Alors, pourquoi revenait-il au Weert?

Le ciel s'argenta, avec un croissant de lune léger

comme un ongle, avec Vénus comme une goutte de rosée bleue.

— Comtesse, dit Max, si vous ne désirez pas prendre un gros rhume comme lors de votre grande aventure, allons jusqu'au café des écluses et régalons-nous-y de cerises à l'eau de vie. Appelez les amoureux et patinons ensemble.

Devant eux, Pol et Marieke glissaient dans une silencieuse extase. Max les montra en riant:

— L'amour sur la glace et se prit à chanter au rythme des patins, la tendre, vieille chanson flamande:

La joie des champs cède à la joie de la glace
Sur ruisseaux et rivières sonnent les patins.
Elsa-jolie, la tendre et rose paysanne...
Perdit le ruban de son cou...
Conrad, le plus beau des gars, le retrouve et l'emporte.
...Elle pleure... «Pourquoi pleurez-vous?...
...Le ruban de mon cou...
— Est-il don d'un galant que vous pleuriez ainsi?
— Il me vient de ma mère
— Peut-être l'ai-je perdu dans la neige...
— Séchez vos pleurs, nous chercherons ensemble!
Ils glissent, ils vont, ils viennent et virent.
Le patin de la fillette se détache
Elle trébuche et tombe comme un flocon de neige.
Le garçon la relève, et là, où elle a mal,
il pose un baiser.
Elle rougit aux jolies choses qu'il lui dit.
...Le patin se détache encore,
Il le noue et le renoue,
Il demande et reçoit, il désire et il prend.
Les patineurs partent, et la lune monte.
Et Conrad donne à Elsa son ruban
Et aussi une bague et un baiser;
Mais emporta son cœur que jamais ne rendit.

Ils arrivaient aux écluses. Max Larix se tut et Suzanne, frémissante de ce vol rythmé d'un chant d'amour, n'aurait pu parler. Ils gravirent la berge à patins. Larix lui tendit la main sur ce versant glissant de neige; s'il l'avait un peu attirée vers lui, elle lui tombait dans les bras. Mais il se contenta de la tenir ferme, tandis que Marieke se jetait au cou de Pol.

L'estaminet des Ecluses regorgeait de monde. La chaleur du poêle et la fumée des pipes saisissaient, après la pureté argentée du crépuscule. Quelques patineurs se levaient. Ils prirent leurs places et on les servit.

Un engourdissement envahit Suzanne, un grand bien-être physique, une sorte de confiance dans la vie. Ils se taisaient tous quatre. Ce fut Larix qui se leva:

— Retournons, dit-il, le dernier train pour Anvers part à 8 heures... je vous reconduirai, puis je reviendrai le prendre à Tamise.

Quand ils sortirent, le froid les saisit.

— Il gèle bien fort, murmura Suzanne, si cela continue, il faudra surveiller la poussée des glaçons au tournant des digues... et la coupe des osiers sera dure.

— Vous n'oubliez jamais que vous êtes Comtesse des digues, répondit Max et, suivis des fiancés, ils patinèrent. Mais de même que la visite de Max avec sa mère n'avait pas répondu à l'attente de Suzanne après la journée charmante de la grande marée dans l'arbre, de même ce retour n'eut plus la douceur de l'aller.

— Vous ne chantez plus, monsieur Larix?

— Je crains les maux de gorge, il fait trop froid.

Suzanne chercha que lui dire:

— Faut-il m'informer du prix de cette prairie de Tamise?

— Si vous voulez, Comtesse. Je repasserai dans une dizaine de jours. Faut-il vous prévenir?

— Non... je ne m'absenterai pas. Je surveillerai moi-même les coupes d'osier. Nous commençons dans huit jours, même si la gelée continue. Vous pourrez me retrouver aux oseraies.

— Ah? cela me fera plaisir de revoir la coupe, j'avais douze ans, la dernière année...

Il y eut un nouveau silence. Suzanne fit un effort:

— Monsieur Larix... pensez-vous vraiment partir pour le Congo?

— Cela dépend de mes affaires, répondit-il brusquement.

Quand Max fut parti, Suzanne se trouva seule et désemparée avec les fiancés. Marieke, engourdie de fatigue, dormait sur le canapé, et Pol tendrement tenait sa main, lorsque Robert Verschueren vint les chercher avec l'auto de la Briqueterie.

— Ah! songea Suzanne, que n'ai-je demandé à Max: «N'avez-vous rien à me dire avant de partir?» Mais peut-être aurait-il répondu distraitement: «Non!»

GLAÇONS

Les glaçons s'amassaient, à marée basse, jetés aux creux des rives, et aux flancs des bancs de sable. Ils repartaient un à un dans le courant à mesure que montait la marée, s'éraillaient et se lissaient. Au moment où Suzanne arriva, l'Escaut, réduit à un ruisseau noir parmi les glaçons luisants, charriait de larges plaques éclatantes.

Elle descendit la digue revêtue de neige et s'engagea avec prudence parmi les glaçons endormis des berges. Ils sonnaient creux sous ses pieds. Saisie par la merveille d'azur et d'argent elle s'assit sur un bloc de glace; des mouettes voletaient affamées; des vols d'oiseaux s'abattaient ou s'élevaient. Des canards passèrent du côté de la canardière. Elle aperçut au bord de l'eau libre des oiseaux inconnus... des grèbes que le froid avait chassés de Norvège. Des oies sauvages passèrent du nord au sud en dessinant un gigantesque V.

Suzanne fut heureuse. Que lui fallait-il de plus qu'une pareille fête? Les blancheurs éblouissantes, la musique des glaçons entrechoqués, cette odeur vierge de l'espace, cet air excitant aux lèvres, et, dans tout son jeune corps, la réaction chaude contre le gel immobile, maître du pays et du fleuve.

Comment avait-elle pu désirer des baisers d'homme...

Elle ne rentra que pour déjeuner et retourna vite au fleuve afin d'y jouir du crépuscule. Le vent s'était calmé autour de ce pays de cristal. Suzanne avait l'impression qu'un vol brusque ou un appel violent aurait fêlé quelque chose. Le froid léger caressait le visage de la jeune fille, le beau croissant descendait à l'ouest, au-dessus de Vénus. Pas un passant. De même que l'appel des nuits d'été avait troublé Suzanne, la sérénité de ce paysage glacé la gagna. Les oseraies prirent des teintes de fumée, la neige bleuit et la nuit d'hiver se posa sur l'Escaut.

Suzanne passa une douce soirée tiède à l'entretien du linge.

Joke demanda:

— Awell? (Eh bien?)

— Beau, Joke, beau! répondit-elle comme autrefois à son père.

— Oui, mais, y aura-t-il danger pour les digues à la débâcle?

— Ah?... non, non. A moins que cela ne continue.

— Je pense que le vent va se renverser, dit la vieille; je viens de l'étable... les pavés suent.

— Est-ce vrai? s'écria Suzanne désappointée.

Elle courut à la porte du jardin, l'ouvrit et une bouffée d'air détendu entra. Elle l'aspira tout de même avec joie. Cet air portait déjà des senteurs de terre réveillée, une petite goutte joyeuse sonna dans une gouttière près de la cuisine.

Quand Suzanne fut dans sa chambre, fermant la porte, elle se dit:

— Et quand le vent changera pour moi, il y aura quelqu'un qui entrera par cette porte, et qui fera de moi ce qu'il voudra... Ah! non! non! et non!...

Dans une sorte de colère puérile, elle entassa en barricade contre cette porte une chaise, un tabouret, un carton à chapeau, des coussins... continuant à dire: Non... non... et non... Puis elle rit nerveusement et il lui fallut bien enlever sa barrière, remettre chaque objet en place, comme il avait fallu, un jour, ramasser elle-même l'argent qu'elle avait lancé à travers la chambre, pour ne plus ressembler à sa grand-mère.

LA COUPE DES OSIERS

De la boue parmi les flaques de glace fondante. Un paysage noir, rayé par l'or rouge de l'osier. Des hommes, chaussés de sabots, vêtus de velours, la casquette enfoncée, l'écharpe au cou, les mains protégées par des moufles de bure. Leur bras gauche embrasse l'osier, leur main droite manie une hachette. Des lieuses, emmitouflées de châles noirs, suivent, tenant un cadre de bois, à l'aide duquel on enserre les bottes en des liens d'osier. Suzanne est parmi les travailleurs. Ne fallait-il pas noter les plants faibles qu'on remplacera, empêcher le vol des brins?

Suzanne n'avait toujours pour l'aider que son vieil émondeur. C'était dur.

Le travail durait depuis trois jours quand Max vint la retrouver.

— Je n'épouserai Max, décida-t-elle, que s'il m'aime comme Pol aime Marieke.Mais si c'est pour lui donner la satisfaction de monter une vannerie...

Il parla du pré de Tamise.

Elle dit la contenance, la valeur, le prix demandé.

— J'y vais immédiatement, dit-il.

— Je ne puis vous accompagner... (elle indiquait les travailleurs), mais venez goûter chez moi en revenant.

— Parfait, dit-il. Nous parlerons affaires, et il ajouta méchamment:

— Je pensais que vous aimiez à vous promener?

Il partit si vite, pendant qu'elle le regardait, toute saisie, qu'elle n'eut pas le temps de le rappeler. Puis, on la demanda au bout du champ, et l'osier l'absorba jusqu'au crépuscule.

Ils étaient donc là, tous deux dans la vieille salle meublée d'acajou. Sur la table, le café et les tartines.

— Je voudrais, disait Larix, monter une vannerie. Mais Verbeeck prétend que les salaires et le fret augmentent. Il faudrait trouver du neuf et étendre l'exportation en Amérique... Si mon projet ne réussit pas, je partirai pour le Congo. Que me conseillez-vous, Comtesse et femme d'affaires?

Suzanne rougit de colère. « S'il trouve que c'est là une déclaration, pensait-elle... n'est-il donc pareil qu'à Amand Van Stratum: Marieke, c'est la terre glaise... Suzanne? c'est l'oseraie et une vannerie en perspective... »

Elle répondit sèchement:

— Si rien ne vous retient ici, M. Larix, il faut partir.

Le bon sourire de Larix parut, il eut un pétillement ironique dans les yeux, et dit:

— Quand j'aurai mes capitaux, j'étudierai l'affaire de vannerie. Je pense avoir une idée de meubles en osier, que personne jamais n'a eue. Ni Verbeeck ni le Buiteland. Ni vous... et maintenant que j'ai dit mes projets, apprenez-moi les vôtres.

— Les miens? Après la coupe des osiers adultes, la coupe des osiers vierges... puis revue des digues avant la marée d'équinoxe. En avril, préparation des registres et comptes pour la réunion du *polder*, puis l'élection du Dyckgraef.

— Est-ce que vous désirez beaucoup ce titre, Suzanne?

C'était la première fois qu'il l'appelait par son prénom.

— Oui, murmura-t-elle... je... je... me suis trop attachée à ces choses-là; et l'idée d'en voir un autre, qui n'y connaît rien, surveiller mes digues...

— Eh bien, comtesse, je pense que vous réussirez,

grâce à la grande aventure de novembre. Verbeeck est très enthousiaste, mais à part cela... (il réfléchit un moment) à part l'élection, ne vous fiez pas trop à Verbeeck, c'est un brave homme, mais, pour faire un bon mot, il coule une réputation.

Suzanne, interdite, le regardait.

— Les hommes du village n'admettent pas vos longues promenades pour la seule beauté du pays... Moi, j'aime aussi à me promener, et je comprends, ajouta-t-il doucement, la voyant prête à pleurer.

Il se leva:

— A bientôt, Comtesse, vous me reverrez le jour de l'élection.

Suzanne le reconduisit, et, sur le pas de la porte, le regarda s'éloigner... mais il ne se retourna pas.

— Mademoiselle, il faut assister à l'assemblée générale du polder.

— En quelle qualité, M. Verbeeck?

Verbeeck réfléchit:

— En qualité de propriétaire de schorres et d'oseraies.

Ceci se passait à la sortie de l'église, par un petit matin aigrelet où s'éveillait février.

Verbeeck entrait à l'estaminet, Suzanne retournait chez elle. Elle ne voulut pas dire «oui» tout de suite, à cause de Larix «Méfiez-vous de Verbeeck».

— J'y penserai, Monsieur Verbeeck.

— Mais, vous poserez votre candidature?

— Oui, certainement...

— Je suis sûr de votre élection. Je fais mon affaire. Vous le méritez bien. Sans vous, une de mes plus belles oseraies était noyée. Puis, mon vieil ami Max Larix le désire.

— Vraiment? monsieur Verbeeck, dit-elle joyeusement.

— Oui. Lui aussi, il aime à se promener le long des digues...

Suzanne se tut, vexée.

— Eh bien! insista Verbeeck, viendrez-vous à la réunion?

— Je vous dirai cela dimanche, monsieur Verbeeck.

En rentrant, elle écrivit à Max Larix pour lui demander conseil.

— Assistez-y, répondit-il, Verbeeck désire sérieusement que vous soyez élue. Allez-y en qualité de propriétaire comme il le conseille.

Mars ! Près d'un an depuis la mort de son père ! Un an, depuis qu'il avait voulu revoir encore une fois « la neige et la glace fuir les prés reverdis »... Et dimanche, l'assemblée générale du conseil des digues pour l'élection.

Mars, si dur, si froid, si bondissant de vie, avec parfois, quelques heures d'infinie tendresse. Mais quel curieux temps pour la saison, ce fameux dimanche du *polder !* Il avait fait trop beau, trop chaud, la veille. Maintenant un fin brouillard enveloppait toute chose. On pensait que cela se dissiperait, mais non, lorsque Suzanne se rendit au local où se rassemblait le *polder*, elle marcha dans la brume, la pensée aussi confuse que le temps, et plus préoccupée du départ de Larix pour le Congo que de l'élection.

Elle arriva, sur les conseils de Verbeeck, l'une des dernières. La plupart des propriétaires présents étaient fermiers, brasseurs ou vanniers. Les fermiers, lents et prudents ; les brasseurs rouges et décidés ; les vanniers madrés et souples. Puis, on trouvait là un honnête briquetier au visage de satyre, un notaire de village grassouillet, l'œil malin, la barbiche rousse ; deux ou trois messieurs de Bruxelles, bien mis, corrects, héritiers de vieilles familles terriennes, et un jeune noble élégant, qui regardait Suzanne avec intérêt ; enfin, Max Larix, arrivé le dernier, alors que Suzanne s'inquiétait déjà.

Suzanne présenta le registre des digues, contre-signé par le greffier et le juré.

Il passa de mains en mains.

L'un examinait le compte des réparations, un autre celui des tantièmes ; puis le greffier se leva.

— Messieurs, dit-il, le conseil des digues est privé de président, par suite du décès du comte des digues, le regretté M. Briat, à la fille duquel, je présente les condoléances de tous les membres du Polder. Il s'inclina en lançant un regard circulaire.

— Vous êtes tous d'accord, n'est-ce pas, Messieurs? Il y eut un murmure approbatif...

— La discussion est ouverte, messieurs, pour l'élection du comte des digues en remplacement du regretté M. Briat.

Le juré se leva à son tour.

— Une candidature est posée, dit-il, celle de Mlle Briat. Je ne doute pas de sa compétence. Mais il me semble impossible qu'une demoiselle remplisse définitivement ces fonctions. C'est pourquoi je vous propose de nommer le greffier, qui est depuis longtemps au courant de la besogne.

Il y eut un silence, puis quelques paroles confuses. Enfin Verbeeck parla:

— Celui qui a eu la peine doit avoir le titre aussi, dit-il. Nous savons tous que Mademoiselle Briat remplit les fonctions de Dyckgraef depuis que la maladie a pris M. Briat: depuis cinq ans. Personne ne connaît, comme elle, la digue, personne ne se promène autant qu'elle pour se rendre compte...

Un sourire courut l'assemblée.

Suzanne rougit profondément et Larix pâlit. Les Bruxellois observaient curieusement.

Verbeeck poursuivit:

— Maintenant, je vous demande qui des deux, le greffier ou la demoiselle, a empêché une rupture en novembre en découvrant la place percée de taupinières?

Alors le notaire se leva, originaire d'Ingelmunster, il parlait le west-flamand, tandis que les briquetiers, venus de Boom, avaient l'accent du Rupel, et que Verbeeck conservait son accent de Malines.

Les Bruxellois comprenaient mal, et Larix, leur voisin, traduisait pour eux.

Le notaire dit:

— Y a-t-il un texte qui interdise de nommer une femme?

Et le greffier:

— Eh! non, mais, quand l'Empire a réglementé définitivement les digues et Wateringues, personne n'a songé à la possibilité d'une comtesse des digues.

Un des messieurs de Bruxelles prit la parole:

— Quand je suis devenu propriétaire d'un bien compris dans le polder, j'ai étudié ces questions. Ceci touche à ma profession d'avocat. Non, les textes ne défendent pas de nommer une femme; s'il est vrai qu'une grave inondation a pu être évitée grâce à la prévoyance et à la vigilance de mademoiselle Briat, mon vote lui est acquis. Nous devons cependant examiner la candidature de monsieur le greffier. D'abord possède-t-il les qualités d'endurance physique nécessaires à la surveillance continuelle des digues?

Presque tous les assistants connaissaient un peu de français, mais la dernière phrase de l'avocat, faite de termes choisis, échappa à plusieurs d'entre eux.

— *Wa zeet hem?* [1] demanda lourdement le gros greffier à Larix.

— *Hy vraagt of ge nog kunt loopen* [2], répondit Max Larix avec un grand sérieux.

Il y eut un éclat de rire général — le pauvre greffier n'aimait guère, lui, à se promener.

— Je crois que vous traduisez avec quelque fantaisie, monsieur? dit l'avocat.

— Je résume, monsieur, je résume...

Il n'y avait plus grand-chose à dire. Suzanne fut élue à une forte majorité. Les messieurs du polder la félicitèrent et s'en allèrent à l'apéritif, avant le dîner qui devait les réunir au «Cheval blanc».

1. Qu'est-ce qu'il dit?
2. Il demande si votre agilité est suffisante.

Verbeeck resta le dernier avec Larix.

— Venez donc prendre un porto chez moi, en signe de remerciement, leur dit Suzanne.

— Non... non... merci, mademoiselle... Je dois parler au notaire...

— Vous verrez le notaire au dîner, tantôt... c'est grâce à vous que je suis nommée, allons... venez, rien qu'une minute!

— Eh bien, merci, zelle Zanne, oui, une minute!

Pendant qu'elle cherchait le vin et les verres:

— Voyons Verbeeck, dit Larix, il faudrait cesser ces allusions aux promenades de cette jeune fille. Vous voyez bien que ça la peine et vous savez qu'elle est parfaitement honnête.

— Eh bien, oui, alors, pour vous faire plaisir, Max, pour vous faire plaisir... Et il lui tapait sur l'épaule en clignant de l'œil... Et puis, voyez-vous, je sais très bien qu'avec Triphon il n'y a jamais rien eu...

Suzanne rentra:

— Une bouteille de grand-père, dit-elle joyeusement, cachée pendant la guerre! et l'on trinqua.

Verbeeck prit congé:

— Viendrez-vous au banquet du polder?

— Non, dit-elle, je serais la seule femme. Cela m'ennuie. J'ai prétexté mon deuil.

— Et vous, Larix?

— Je... je dois prendre mon train.

— Bien, bien! cria Verbeeck, prenez votre train, Max, prenez-le, mon ami!

A DEUX

Ils étaient deux, l'un en face de l'autre, un peu embarrassés. Joke leur servit du bouillon aux fricadelles, de la carbonnade, puis du riz au lait.

— Ne trouvez-vous pas, comtesse, quand on a longtemps désiré une chose et que tout à coup on l'a, on est désorienté?

— Cela dépend, dit lentement Suzanne, qui tâchait d'exprimer très exactement ses sensations quand elle parlait à Larix. Ainsi, quand j'ai beaucoup désiré une belle journée en barque et que je l'ai eue, j'en jouis encore beaucoup après.

— Sans doute; mais, maintenant que vous voilà comtesse des digues, êtes-vous tout à fait contente?

— Je suis heureuse de pouvoir continuer à surveiller tout, comme du temps de père... C'est si intéressant! J'aime tant ce travail!

— Et, dit Max soudain amer, vous avez un motif excellent pour continuer vos promenades...

«Encore... songea tristement Suzanne. Il m'avait pourtant dit que *lui* comprenait...»

— Et, monsieur Larix, dit-elle, avez-vous des motifs pour vous promener?

— Moi?... Je vais voir nos clients... J'aime le pays... et... je ne suis pas une jeune fille.

— Et... si vous vous séparez de votre frère?

— En ce cas... je me promènerai jusqu'au Congo!

Suzanne se tut, la gorge serrée. Joke apportait de la

bière; elle les examina: Larix, maussade, Suzanne avec sa figure d'orage; elle haussa les épaules et sortit.

«C'est lui qui m'a fait nommer, songeait la jeune fille, et maintenant il me le reproche pour les promenades que cela nécessite...»

Mais elle chercha un sujet de conversation qui fût agréable à son hôte.

— Et votre beau projet de vannerie, monsieur Larix?

Il la regarda de ses bons yeux, soudain plein d'espoir.

— Je crois que j'aurai de la peine à mettre cela sur pied, tout seul. Et vous, n'avez-vous jamais eu envie de monter une vannerie?

Suzanne rougit: «Marieke, c'est la terre glaise... Suzanne, une vannerie.»

Elle répondit méchamment:

— Je préfère me promener sur les digues.

Si elle avait regardé Larix, elle l'aurait vu pâlir. Mais elle fixait obstinément le chien endormi dans un coin du vieux fauteuil, et, avec une tendresse désolée, elle répétait en elle-même: «Max, mon pauvre Max, si seulement il m'aimait. S'il pouvait oublier celle dont il m'a parlé un jour... Mais je ne puis pourtant pas l'épouser rien que pour lui procurer une vannerie...»

Elle ne pensait plus à Triphon. Elle était heureuse de voir Max Larix là, à cette place, en face d'elle; s'il pouvait y rester toujours!

«Max, mon vieux Max...» Et elle regarda encore le chien dans le fauteuil de la grand'mère.

«Une pomme, petite princesse, vous possédez une belle pomme. Attention à ceux qui voudront ma princesse pour sa pomme!»

Larix domina son trouble.

— Voici, dit-il, mon idée. N'en parlez à personne, surtout pas à Verbeeck, avant que mes essais soient terminés et mes brevets pris. L'idée est brevetable.

Suzanne sourit il avait donc confiance en elle!

— Je sais me taire, dit-elle.

— Je pense bien... Vous n'ignorez pas que le fret est très élevé. Les objets en vannerie occupent beaucoup d'espace. Si on pouvait les tasser, on réduirait la place, le coût du fret, et on éliminerait la concurrence.

— On ne peut tasser sans détériorer! s'écria Suzanne.

— On ne peut, mais... voici l'idée: On pourrait si bien calculer les proportions des meubles d'osier et de rotin qu'ils s'emboîtent et forment ensemble un bloc régulier et massif, comme certains puzzles, vous savez?

— Oh! pensez-vous vraiment qu'il y aurait moyen?

— J'ai déjà combiné une garniture de véranda: la table, les fauteuils, les chaises, les tabourets. J'essaierai si je commence ma vannerie. Sinon, je négocierai mes brevets, peut-être avec Verbeeck, en gardant une part dans les bénéfices.

— Ne vendez pas à Verbeeck! s'écria Suzanne avec fougue. C'est une idée qui rapportera gros à ceux qui l'exploiteront! Voulez-vous faire vos essais chez moi, dans l'ancienne écurie?

— J'ai toujours remarqué, comtesse, dit-il froidement, que vous êtes une excellente femme d'affaires... Mais je ne veux pas abuser de votre obligeance. A présent, il faut que je parte. J'ai une entrevue avec mon frère et ma belle-sœur cet après-midi. J'irai par le bateau de Tamise; si je prends la traverse, j'arriverai à temps. C'est bien à la ferme en briques, à côté du Wiele, qu'il faut couper?

— Les sentiers sont inondés, dit Suzanne, et vous n'avez que vos légers souliers... Allez par la chaussée.

Elle parlait comme dans un rêve. Ainsi, dès qu'elle s'avançait d'un pas, il reculait. Pourquoi? S'il l'aimait, il aurait accepté son offre.

— Mademoiselle Briat, dit Larix en mettant son pardessus, je tâcherai de revenir vous dire adieu, si je pars pour le Congo... mais... je vais être très occupé par cette sortie d'indivision...

— J'espère bien vous revoir tout de même, monsieur Larix. Et tout son orgueil l'aidait à rester calme.

Joke tendait l'oreille. Elle entendit la porte se refermer, sortit de la cuisine et aperçut Suzanne immobile dans le corridor.

— Eh bien? dit-elle.

— Il... il partira pour le Congo, à moins qu'il ne monte une vannerie...

Joke la considéra un moment, puis elle dit brutalement:

— *Stom kind, gô de dien ookal lôte vertrekke?* [1]

Suzanne fut un moment interdite. Puis, soudain, elle comprit que Max l'aimait, qu'elle l'aimait aussi, et que, si elle le laissait aller cette fois-ci, tout serait fini... fini entre eux... et que la peine soufferte par Triphon ne serait rien, comparée à ce chagrin-ci!

— *Ik zal hem nog inhalen!* [2] cria-t-elle.

Joke lui mit un vieux caban sur les épaules.

— Courez!

Le brouillard épais, mais de plus en plus bas, laissait transparaître l'azur du zénith; une brise, et il s'en irait par lambeaux. Mais Suzanne n'apercevait pas Max Larix.

« Je prendrai la traverse, se dit-elle. S'il suit la chaussée, je l'attendrai au coin du chemin. S'il est dans la traverse, je le rattraperai en courant. »

Quel sentier! Il s'enfonçait entre deux oseraies. Ne servant qu'à leur exploitation, aux places les plus fangeuses, quelques fagots dans les sillons empêchent les charrettes de s'embourber, mais les chevaux y pataugent jusqu'au dessus du sabot.

Suzanne y court, dans la fraîche solitude du brouillard aromatisé. Elle saute de flaque en flaque, s'enfonce jusqu'à la cheville. Enfin, elle aperçoit au fléchissement le plus profond, hésitant devant une mare, la longue

1. Sotte enfant, laisserez-vous échapper celui-là aussi?
2. Je le rattraperai.

silhouette de Larix. Il entend un pas hâtif, se retourne et la regarde d'un air mal éveillé... Elle, trop surexcitée pour réfléchir, trop lancée pour s'arrêter, criait:

— Max, Max!... je... je voulais vous dire... Ne partez pas!... Oh! Max!...

Il l'attrapa dans ses bras et balbutia:

— Suzanne... je vous aime... Ne le saviez-vous pas?

— Moi aussi... Max... Maintenant, je l'ai compris.

On entendait fermenter les alluvions. Des moineaux criaient. Les pousses nouvelles des osiers ruisselaient d'humidité. Dans le brouillard encore froid, des anémones penchaient leurs délicates corolles blanches parmi les racines rouges.

Suzanne eut cette part la plus belle de la vie, dans une lumineuse et illusoire certitude d'un bonheur parfait pour toujours.

LE «PARADIS TERRESTRE»

— Fillette, il faut annoncer cela à Mme Verschueren... La famille, c'est la famille. Puis, votre futur ne viendra que le dimanche et il partira le soir par le train de huit heures. Puis vous vous marierez dans six semaines.

Et Suzanne, docile, suivait les conseils de Joke.

Le village savait par Verbeeck que Larix, ayant retiré ses capitaux de la fabrique de guidons, commencerait une vannerie. Devant ce mariage si bien assorti d'un vannier et d'une propriétaire d'oseraies, chacun, même la tante, même Knie, approuvait.

Suzanne et Max s'étaient longuement expliqués. Chacun d'eux avait redouté un mariage d'intérêts, mais ils s'étaient aimés malgré cela!...

Ils choisirent, à Malines, un mobilier de chambre à coucher, et Max expliqua à Suzanne qu'il est de jolis meubles et d'autres laids. Elle n'y avait jamais pensé... Là se borna leur mise en ménage, puisque Suzanne possédait une maison montée.

Le dernier dimanche avant leurs noces, Joke dit à Suzanne:

— Maintenant, promenez-vous toute la journée, où vous voudrez; il n'y a plus de danger.

— Nous irons déjeuner au «Paradis Terrestre», projeta Suzanne.

Ils prirent le canot. L'eau lisse frissonnait à peine. Que c'est exquis et rare, un beau dimanche en mai! Ils se balancèrent dans le sillage d'un train de bateau, puis obliquèrent dans la Durme et amarrèrent la barque au passage d'eau de Tielrode. Alors, la main dans la main, Suzanne silencieuse et Larix chantant, ils marchèrent jusqu'à l'estaminet du Paradis Terrestre, où ils burent de la bière et mangèrent du pain, du beurre et du jambon frit. La beauté du jour s'épanouissait. Ils continuèrent leur lente promenade par les sentiers qui enlacent et contournent des étangs enchevêtrés. Les petites mains d'ombre des feuilles dansaient autour d'eux et l'air se gonflait de senteurs.

Suzanne ne saluait plus ces beautés que comme un enfant acclame un train qui passe. En elle, la poussée printanière et heureuse était plus forte que celle d'un mois de mai. Toute sa saine nature, en germination sous les baisers de fiançailles, appelait l'Amour.

— Cet après-midi, Max, nous ne parlerons ni des digues ni de la vannerie...

Mais ils remuaient leurs jeunes souvenirs, chacun livrant à l'autre son enfance. Pour Suzanne, cette enfance longeait les digues; pour Larix, elle jouait dans une vannerie.

Ils atteignirent la grande digue de l'Escaut et s'assirent sur le talus d'herbe rase. Suzanne, le cœur battant, posa la question qui lui pesait:

— Max... vous m'avez dit, le jour où vous m'avez chanté cette chanson du printemps: « J'ai perdu celle que j'aurais pu aimer... »

— Ma petite enfant... on ne sait ce que c'est qu'aimer vraiment que quand on aime... Et croyez-vous qu'on ne m'ait pas parlé de vos promenades avec Triphon?... Et je ne vous ai jamais rien demandé à ce sujet!

— Max... je ne l'ai jamais aimé vraiment non plus!

Mais son visage devint brûlant. Elle se rappelait le baiser de Triphon et le plaisir qu'elle y avait pris. Elle ajouta bravement, mais à voix basse:

— S'il était resté, je crois que j'aurais fini par l'épouser, et pourtant je savais que je ne devais pas.

— Et moi, petite comtesse, si celle qui m'a refusé m'avait agréé... je n'aurais jamais eu ma chère Zanneke...

— Oh! Max, je crois que je vous aimais déjà le jour que je vous ai «passé».

— Et moi, ce jour-là, j'étais déjà jaloux de vous voir partir avec Triphon.

— Max, à l'avenir, nous irons ensemble sur les digues; vous m'aiderez à être comtesse des digues...

— Et vous, Suzanne, vous m'aiderez à monter ma vannerie...

L'EAU QUI NE GÈLE JAMAIS

Les noces... la fête, auxquelles assistèrent les Verschueren, Pol et Marieke, Verbeeck, et la famille de Max. Un court voyage, un beau rêve en Bretagne, sur les conseils d'un ami de Max. Puis on était revenu. Il fallait se mettre au travail, afin de pouvoir utiliser déjà la prochaine récolte d'osier. Suzanne, enceinte tout de suite, surmontait ses malaises pour faire son double métier de comtesse des digues et de patronne de vannerie. Max, bien qu'occupé sans cesse à ses affaires, tenait sa promesse en l'accompagnant à chaque promenade professionnelle.

— *Fra Zanne en heure vent,* [1] disaient les gens.

En octobre, un grand chagrin. Joke emportée en quatre jours par une pneumonie grippale. Le corps n'était pas froid que déjà ses enfants se disputaient ses nippes et ses quelques meubles placés chez une de ses filles.

Puis le village peignit volets et façades pour la kermesse d'automne. Suzanne, lasse, dans le fauteuil de grand-mère, pensait à Joke... Elle se souvint que la jupe en baie rapiécée qu'elle mettait pour nettoyer la cour et traire les chèvres pendait toujours à un clou, derrière la porte... «Il faudra, se dit Suzanne, que je porte cela à sa fille...»

Et c'est ainsi qu'elle trouva, dans la poche de cette jupe, la lettre que Triphon avait écrite à Joke un beau matin d'août:

1. Moiselle Zanne et son homme!

Ici, on voudrait que j'épouse une fille anglaise. C'est la sœur du patron. Ils ont besoin de moi. Ils ne connaissent rien à l'osier. Elle est blonde et jolie. Elle pleure quand je ne suis pas amical pour elle. Je l'épouserais tout de suite si ce n'était notre demoiselle. Mais jamais je n'aimerai personne comme Suzanne. Et si vous croyez qu'il y a une seule chance pour moi, je plante tout là et je reviens. Car si je reste... je finirai par épouser l'Anglaise.

Suzanne, malgré la plénitude de sa vie, fut très émue. Donc... si Joke avait voulu... elle aurait appartenu au beau Triphon, et l'enfant qui allait naître eût été de lui... Et... s'il n'y avait pas eu Larix, c'est... c'est toute *seule* qu'elle aurait dû lire cette lettre-là. Elle frémit et ferma à demi les yeux.

Qu'il était loin, le temps de sa libre fantaisie! Etait-ce bien elle, cette femme qui ne vivait plus que de l'attente d'une voix bien connue dans le corridor, d'une main aimée ouvrant la porte?... Et son pays, ses digues, son ciel, son fleuve?... «Mon cœur à l'Escaut!» Un an s'était écoulé depuis la défaite de son orgueil: la main trempée dans l'eau qui ne gèle jamais, afin de se marier dans l'année! Eh bien, quoi! La Vierge l'avait exaucée.

Elle sourit vaguement et se dit: «J'irai la remercier seule, puisque Max est chez Verbeeck.»

Vêtue et chaussée comme au jour désolé de l'an passé, dans ce même crépuscule hâtif, elle s'en alla vers la chapelle de Luypeghem.

Mais maintenant elle était femme et bientôt mère.

Les forces profondes qui l'avaient si longtemps troublée triomphaient. Délivrée d'elle-même et sortant seule pour la première fois depuis son mariage, elle retrouva enfin l'âme du pays comme du temps de son père. La souplesse du limon sous ses pieds, le ciel doux et triste d'où novembre la regardait, le goût légèrement fermenté de l'air, l'odeur de la végétation défaite et pourrissante, les lointains noyés, la rayure rouge et or des oseraies, et jusqu'aux courbes faciles du chemin boueux. Près de la ferme de la chapelle, elle rencontra une brise froide et mouillée.

Elle ôta ses gants de laine et lui présenta les paumes de ses mains. Le vent s'y appuya, humide comme les pattes palmées d'un oiseau aquatique. Suzanne sourit à la grande digue, au bout du chemin. Les talus restaient d'un vert violent sous le pointillement des feuilles mortes.

Elle descendit vers la petite source, regarda pensivement l'étroit bassin d'eau-qui-ne-gèle-jamais, et, au lieu de remercier Notre-Dame, elle demanda une nouvelle grâce:

— Je vous salue, Marie, Notre Dame. Faites que je continue à aimer les choses d'ici: les matins et les soirs, le printemps et l'été, l'hiver et l'automne. Que je continue à préférer l'Escaut au cinéma, et les promenades sur les digues à l'auto.

Faites que Max garde l'amour de l'eau, des arbres et de la musique, afin qu'en vieillissant je ne devienne pas tout à fait semblable à grand-mère, ni Max à Verbeeck.

Et je vous promets de revenir chaque année, à cette date, vous demander la continuation de cette grâce.

Elle rentra lentement. Du côté du château féerique, le garde-chasse jouait du cor: le même air qu'un soir de lune et de désespoir. Bientôt Suzanne entendit une bonne voix sympathique qui chantait:

Belle, je t'aime,
D'amour extrême.
Daigne accepter
Ma vie et mon cœur...

Max venait à sa rencontre.

Missembourg, Edeghem, 7 février 1929.

LECTURE
DE
VINCENT VAN COPPENOLLE

«Fondamentale pour l'étude de tout écrivain, de tout lecteur, donc de nous tous, la constellation des livres de son enfance.» Cette proposition de Michel Butor [1] se vérifie tout particulièrement dans le cas de Marie Gevers. Elle-même a raconté, dans une communication intitulée «Comment naît une vocation littéraire», par quelles voies l'éducation «fantaisiste» qui fut la sienne l'avait conduite à la «profession d'écrivain» [2].

Une première originalité de cette éducation tient dans le fait que Marie Gevers n'a jamais fréquenté l'école. Celle-ci semble s'être trouvée avantageusement remplacée par la dictée quotidienne d'un passage des *Aventures de Télémaque* de Fénelon. Le *Télémaque*, livre de voyage, était au XIXe siècle un des grands succès de la littérature destinée à la jeunesse. Pour Suzanne, la «comtesse des digues», il est d'ailleurs le livre par excellence: son père le lui a dicté intégralement [3], et la lecture du texte de Fénelon peut, de la même façon qu'une promenade au bord de l'Escaut, faire resurgir à ses yeux l'image du vieil homme. Le *Télémaque* occupera encore une place importante dans la construction du chef-d'œuvre de Marie Gevers, *Madame Orpha ou La Sérénade de Mai*, roman qui sera publié deux ans après *La Comtesse des Digues*.

L'autre versant de cette éducation particulière, ce sont les promenades dans le jardin. Les parents de Marie Gevers, fervents amateurs de botanique et d'astronomie, avaient acquis, quelques années avant sa naissance, un domaine situé aux abords d'Anvers: Missembourg. Toute l'éducation de l'enfant fut conçue en fonction de la vie du domaine, et surtout de l'observation attentive et passionnée des cycles naturels. Le jardin était comme le livre, un maître, il apprenait à lire [4].

Ainsi, tous les événements de la vie de la petite fille étaient lus essentiellement à partir du livre de Fénelon et des cycles de la nature. Une égale passion s'ensuivit pour la nature et la littérature, faisant de l'enfant «une drôle de fillette», «mi-rustique mi-intellectuelle» [5]. Marie Gevers insistera souvent sur cette situation d'entre-deux qui est la sienne. Si l'on considère son appartenance à une communauté linguistique, c'est le même phénomène qu'on retrouve.

Marie Gevers est en effet un écrivain francophone de Flandre; plus précisément, comme l'écrit Marcel Thiry [6], elle représente le cas très particulier «des enfants flamands élevés en français, mais au contact du dialecte populaire». Très sensible à cette étrange cohabitation, elle a su remarquablement en exploiter les possibilités poétiques. Il y a chez Marie Gevers un constant dialogue entre le français, sa langue maternelle, et le dialecte flamand, langue qu'elle utilise avec les gens qu'elle côtoie journellement.

Elle explique avec précision ce mécanisme dans *Madame Orpha*: «Il y avait en moi une sorte de dualité. Intelligence française, mais tout ce qui était expérience personnelle, choses perçues par les sens, se développait en flamand, je restais un sauvage petit être flamand.» Et elle ajoute: «Cette dualité était favorable au rêve dont je nourrissais mon âme.» [7] La cohabitation des deux langues se trouve donc utilisée pour la création poétique, qu'elle stimule. Et l'écrivain peut se définir comme celui en qui deux langues se travaillent. L'écrivain est un hybride [8].

Ce thème de l'entre-deux, comme on le verra, intervient aussi dans *La Comtesse des Digues*.

Pour qui jette un regard panoramique sur l'œuvre de Marie Gevers, celle-ci se distingue notamment par l'importance de la composante autobiographique (prédominante dans *Madame Orpha* et dans *Vie et mort d'un étang*) et le rôle joué dans la composition des romans par les lieux où se situe l'action: qu'il s'agisse de la Campine (dans *La ligne de vie* et *Paix sur les champs*), de l'Escaut (dans *La comtesse des digues*, et dans *La grande marée*), ou de Missembourg. Donnant lieu à des constructions souvent fort élaborées, le traitement de la dimension temporelle est également remarquable. On s'y attardera un peu.

C'est dans *Madame Orpha* que l'on retrouve, sans conteste, l'élaboration temporelle la plus sophistiquée. S'y mêlent le récit singulatif des événements marquants de l'aventure amoureuse de Louis et Orpha, et celui, itératif le plus souvent, des souvenirs d'enfance de la narratrice. Or, la prolifération des scènes itératives est telle que la subordination du répétitif au ponctuel (habituelle dans le roman «traditionnel» [9]) se trouve sérieusement remise en cause.

L'événement unique s'inscrit toujours dans un cycle, et le récit a tendance à se développer suivant une boucle. C'est ce qui se passe avec l'aventure de Louis et Orpha: elle a un début et une fin, certes, mais elle est surtout perçue comme un moment dans un périple infini.

Déroulement d'un cycle, leur histoire est à la fois écho et présage; elle répète et elle préfigure. Elle répète notamment le livre, c'est-à-dire le *Télémaque* de Fénelon, et en même temps elle anticipe le destin de l'enfant témoin, comme le souligne la dernière page du livre:

J'ai peur du printemps. Je sais qu'il me donnera envie de pleurer (...). Je sais qu'un sort me guettera moi aussi, une nuit de mai. Ce flambeau de l'amour, quand il tombera des mains d'Orpha, une autre le ramassera, puis une autre... et un jour ce sera moi. (p. 188)

L'aventure singulière est donc toujours prise dans les rêts du circulaire. Ce phénomène est encore accentué, ici, par le procédé adopté pour évoquer les événements révolus: l'histoire de la bourgeoise et du jardinier apparaît en effet systématiquement dans la foulée de scènes cent fois répétées [10]. Ajoutons que le réseau des métaphores utilisées pour désigner l'histoire de Louis et Orpha contribue lui aussi à l'inclure dans un mouvement infini. On songe surtout, naturellement, à la métaphore de l'amour et de la naissance du printemps.

Mais cette omniprésence du circulaire affecte également la construction du roman: on pourrait ainsi montrer que Madame Orpha utilise abondamment le principe de la répétition variée, que l'épisode de la sérénade de mai notamment, trouve de nombreux échos dans toute une série de scènes apparemment sans lien avec elle. Cette particularité de structure est bien reflétée par la ritournelle qui clôt le livre [11]. Par son contenu insistant sur l'idée de répétition ad infinitum, et par sa structure, anaphorique, ce petit refrain constitue un remarquable condensé aussi bien de la structure du roman que de son thème principal.

On retrouve une structure de type plus nettement circulaire encore dans plusieurs œuvres construites sous forme d'almanach perpétuel. Ainsi le remarquable *Plaisir des météores ou le livre des douze mois* [12], où Marie Gevers fait preuve d'un incontestable brio technique.

Ici encore, les séquences vectorisées, les historiettes, sont greffées sur la structure forte que constitue la course réglée des mois. Le texte lui-même se présente sous forme circulaire, ce qui rend infinies aussi bien son écriture que sa lecture (son «interprétation» [13]). En témoignent le «Da capo» qui conclut l'ouvrage, et la note que l'auteur ajoute à sa signature:

Commencé du plus loin qu'il m'en souvienne, écrit en 1938, sera continué toute ma vie. (p. 151)

Plaisir des météores est également parsemé de maximes qui ressortissent à la conception cyclique du temps [14], conception que l'on retrouve dans tous les textes romanesques de Marie Gevers, aussi bien au niveau de la structure narrative qu'en ce qui concerne le thème général de l'intrigue.

Ainsi, bon nombre de ses romans mettent en scène la lutte, parfois très âpre, qui oppose une amoureuse, ou un couple d'amoureux, aux préjugés, au conformisme et à la faiblesse qui caractérisent, le plus souvent, l'ancienne génération. Cette lutte de la jeunesse contre le passé tourne toujours à l'avantage de la jeune génération. Ce scénario, en fait, doit se lire en rapport avec l'optimisme fondamental qui caractérise la philosophie du cycle: dans le conflit qui oppose le printemps et l'hiver, c'est le printemps qui toujours finit par triompher [15]. Comme le dit la narratrice de *Madame Orpha*, «le printemps sera le plus fort» [16]. Ce canevas, qui est celui de l'histoire de Louis et Orpha, apparaît également de manière exemplaire dans le diptyque qui a pour cadre la Campine. Faisant suite à la fin tragique de *La ligne de vie*, le dénouement heureux de *Paix sur les champs* la corrige en quelque sorte, et l'intrigue de ce second roman sera récapitulée par la narratrice en des termes qui traduisent clairement la lecture qu'elle fait des événements:

«l'amour avait gagné, écrit-elle. Les fautes et les crimes des morts avaient voulu peser sur les vivants, les écraser... mais la vivante jeunesse l'emportait dans cette lutte...» (*Paix sur les champs*, p. 220).

Les anciens ont cédé, le printemps a eu raison de l'hiver, et la roue peut se remettre à tourner: parlant de Louis et Lodia, les héros du roman, elle écrit: «A leur tour maintenant, d'élever du bétail et de cultiver la terre.» (p. 225)

Il faut noter encore que dans tous ces récits, l'histoire d'amour, pour linéaire et vectorisée qu'elle soit, est toujours, comme celle de Louis et Orpha, incurvée en quelque sorte, de façon à prendre la forme d'un cercle. Se déroulant au rythme des saisons, elle est toujours présentée comme un moment, lui-même déjà retour, et susceptible d'être répété, dans le grand cycle de la vie.

C'est déjà cette forme d'organisation temporelle qu'on trouve dans *La comtesse des digues*, premier roman de Marie Gevers.

On y constate en effet la présence de trois lignes temporelles évoluant parallèlement: les deux premières, vectorisées, concernent les amours de Suzanne et son destin professionnel; la troisième est circulaire: elle retrace la vie du fleuve et le cycle des métiers qui gravitent autour de lui. Et la force de la structure cyclique est telle que le développement de la double intrigue se trouve contaminé, pourrait-on dire, par le rythme de la vie du fleuve: le cheminement du drame de Suzanne prend la forme d'une année.

Ainsi, les deux intrigues, celle du mariage et celle de la succession, sont nouées par le même événement, à savoir la mort du père [17]. Or c'est un an, très précisément, après cet événement inaugural, qu'elles trouveront l'une et l'autre leur conclusion [18].

Cette particularité chronologique est d'ailleurs soulignée par la réflexion attribuée à Suzanne, juste avant que ne commence le conseil des digues décisif: «Mars!, peut-on lire alors, près d'un an depuis la mort de son père! Un an, depuis qu'il avait voulu revoir encore une fois «la neige et la glace fuir les prés reverdis...» (p. 156). Concourt également à cette impression que l'œuvre s'inscrit dans un cercle, la division du texte en quatre grandes parties correspondant aux quatre saisons.

La solidarité de cette organisation avec le principe poétique [19] de la variation sur le même est manifeste à la fin du roman; celle-ci se trouve en effet tout entière sous le signe de la répétition. C'est ainsi que la scène de patinage sur le Vieil-Escaut se présente comme la récriture et d'un rêve de Suzanne, et de l'épisode de Marieke Verschueren [20]. Signalons encore le dernier chapitre du livre, qui reprend textuellement le titre, «L'eau qui ne gèle jamais», d'un chapitre de l'épisode de Marieke Verschueren, et dont le *retour* constitue véritablement le maître-mot. Il se termine par un pèlerinage de Suzanne à la chapelle de Luypeghem, et ce voyage a lieu exactement un an après qu'elle s'y soit rendue pour la première fois [21].

Le texte insiste fortement sur cette idée d'anniversaire: «Un an s'était écoulé depuis la défaite de son orgueil: la main trempée dans l'eau qui ne gèle jamais (...). Vêtue et chaussée *comme au jour désolé de l'an passé, dans ce même crépuscule hâtif,* elle s'en alla vers la chapelle de Luypeghem.» (p. 169). Notons enfin que ce dernier chapitre s'achève, comme dans le cas de *Madame Orpha,* sur une ritournelle, une ritournelle déjà entendue un an plus tôt par Suzanne, «le même air qu'un soir de lune et de désespoir» (p. 170). Or c'était, déjà alors, sous le sceau de l'éternel retour qu'était placée cette rengaine, puisque

Suzanne avait entendu, cette fois-là déjà, le cor de chasse «reprendre encore et encore les mêmes modulations» (p. 115).

On voit donc bien, dès ce premier roman, la solidarité entre la conception cyclique du temps, la forme circulaire de la structure narrative, et le principe, très musical, d'une composition fondée sur la variation.

Passons à présent à des considérations plus spécifiques. Le lecteur trouvera dans les pages qui suivent une esquisse de structuration sémantique de *La comtesse des digues*. Avec, en exergue, le nom d'Emile Verhaeren.

Le talent de Marie Gevers fut très tôt remarqué par Verhaeren, qui l'encouragea à se consacrer à la littérature. Or, *La comtesse des digues*, son premier roman rappelons-le, a précisément pour cadre — et même pour sujet — le «pays de Verhaeren», comme l'auteur le rappelle dans une préface à la réédition du livre donnée en 1955, année du centenaire de la naissance du poète: «Le pays, si particulier, qui s'étend sur les deux rives de l'Escaut, depuis Saint-Amand, en aval de Termonde, jusqu'à Tamise et Hingene, sera sans doute appelé de plus en plus souvent le pays de Verhaeren. (...) Le village où se déroule l'histoire de *La comtesse des digues* s'appelle «Le Weert». Il est situé en plein cœur de ce pays...».

Le pays de Verhaeren, c'est-à-dire le pays de l'Escaut; l'Escaut, qui est bien la grande figure du roman. Car loin de n'être qu'un élément — même privilégié — du décor, le fleuve est partie intégrante de l'histoire des amours de Suzanne Briat: la relation de l'héroïne à ses prétendants et son rapport au fleuve sont inextricablement liés. On peut même dire que le fleuve est le premier objet d'amour de Suzanne; il y a chez elle une passion dévorante pour l'Escaut et le pays de l'Escaut, une passion dont le caractère sexuel est très marqué par le texte. Suzanne, tout au long de ses promenades sur les digues, ne cesse de «jouir» du vent, du soleil, des éléments. Ainsi au chapitre «Marées»:

... elle escalada le talus herbeux et aussitôt un vent large et brillant pénétra ses vêtements, s'enroula à ses bras nus et joua dans ses cheveux. La marée montait (...)

Ah! l'odeur du fleuve! le vent, la marée communiquaient à la jeune fille une sorte de griserie semblable à l'amour (...).

Elle rit joyeusement et déboutonna son jersey. Le vent dur et pur glissa le long de son corps: «Mon cœur à l'Escaut» (. 61) [22].

Suzanne est véritablement amoureuse de l'Escaut, et c'est lui qui va influencer toute sa quête d'un objet d'amour. Beaucoup d'hésitations et toute une série de déplacements seront nécessaires à la jeune fille pour renoncer à la fusion totale avec l'Escaut et trouver un homme qui lui évoque le fleuve.

Ainsi, au terme du roman, Suzanne aura fait, du moins provisoirement, son deuil du fleuve, comme elle aura fait le deuil de son père. Et ce travail l'aura menée à se rendre compte qu'il lui serait impossible de quitter ce pays [23]; mais en même temps, elle ne peut pas non plus accomplir son mariage avec l'Escaut, qui serait la noyade (p. 90). De là sa recherche d'un mari qui serait l'Escaut sans l'être.

Dans cette recherche, trois objets s'offrent à Suzanne: Monne le brasseur et Triphon tout d'abord, auxquels vient s'ajouter ensuite Max Larix. Une bonne part de ses méditations inquiètes se passeront à confronter ces trois personnages, ces trois composés sémantiques, ces trois noms. Monne le brasseur, tout d'abord, est le parti proposé par Tante Brique, Madame Verschueren. Un choix raisonnable certes (cf. le chapitre «Briques»); mais en réalité, Suzanne n'envisage jamais sérieusement le mariage avec lui. Les descriptions qui sont faites du jeune homme insistent toujours non seulement sur son physique peu enthousiasmant, mais surtout sur son rapport au plaisir, qui est radicalement différent de celui de Suzanne: Monne est avant tout amateur de bière et de farces douteuses, de voiture et de cinéma. Le texte oppose ainsi de manière systématique l'Escaut de Suzanne et le cinéma de Monne, l'auto et la promenade sur les digues (cf. p.ex. p. 49: «Il lui demanda si elle aimait sortir en auto, elle dit que oui, mais elle préférait se promener»; cf. aussi la dernière page du livre.)

Le premier personnage opposé à Monne est Triphon, qui semble bien être le contraire absolu du marchand de bière, du gros Monne, suant, soufflant et bedonnant. D'une vigueur et d'une robustesse hors du commun, celui qu'on appelle «le grand Triphon» (pp. 18, 21, 34) impressionne par ses «grands bras» (p. 23), ses «hautes jambes puissantes», «son pas lourd et puissant» (p. 34). Triphon est un splendide animal, surgi des berges de l'Escaut, en parfaite harmonie avec le paysage dont il est issu. Rien ne le caractérise mieux que sa couleur, le fauve, le roux, qui, en même temps qu'elle connote une animalité souveraine, évoque à la fois l'osier [25] et la terre des berges de l'Escaut [26]. Tel est bien le Triphon dont Suzanne est éprise, «(le) beau Triphon scaldien, (le) hardi émondeur de peuplier, (le) franc marinier, (le) souple coupeur d'osier» (p. 81). L'assimilation du grand régisseur au pays de l'Escaut est totale. Triphon constitue véritablement l'incarnation du fleuve, il est l'Escaut fait homme.

L'Escaut, c'est-à-dire le roi de ce pays [27]. Le tout-puissant, le généreux, celui qui distribue à profusion les richesses, qui comble la région de ses bienfaits. Mais aussi l'Escaut comme figuration de la puissance des forces pulsionnelles, du désir en tant que source de toute création humaine. Rien d'étonnant dès lors à ce que ce roi s'incarne dans un séducteur, un géant fauve, révélant aux filles la violence du désir en elles.

C'est le baiser de ce séducteur, vécu comme un acte presque religieux, qui consacrera pour Suzanne la découverte de l'amour. Or, ce baiser provoque à peu près instantanément le retour en elle du souvenir de l'Escaut. Le fleuve, le vent, le soleil: voilà les images qui lui viennent au moment précis du baiser:

... il lui prit violemment les lèvres, comme quelqu'un qui meurt de soif. Ah! oui... les baisers du soleil... les baisers du vent, les fiançailles avec l'Escaut ... Ce baiser, le premier que Suzanne reçut, lui causa un trouble semblable à la révélation de l'amour... (p. 71)

Outre le fait qu'il constitue l'incarnation de l'Escaut, un autre trait important définit Triphon: la «barrière» (p. 111), le «fossé social» (p. 29) qui le sépare de Suzanne. Triphon est en effet, à l'inverse de Monne, un objet interdit par la famille.

La famille c'est-à-dire, en l'occurrence, trois voix féminines: celles de la Tante Brique, de la grand-mère Briat, et de Jo, la vieille servante. Tante Brique, sœur du père de Suzanne, veille avant tout à ce que soient respectées les convenances, et sauvegardés les intérêts du clan. C'est elle qui propose Monne à Suzanne [28], et c'est sa voix, «impitoyable», qui retient l'héritière des Briat lorsque celle-ci se trouve sur le point de céder à Triphon [29].

A plusieurs reprises, Suzanne effectue le rapprochement entre cette tante et sa grand-mère paternelle [30]. De fait, lorsque Tante Brique se fait le porte-parole des intérêts de la famille, elle ne fait que répercuter le discours de la grand-mère Briat, laquelle, du fauteuil où elle était clouée, présidait autrefois aux destinées du clan [31]. A l'intérieur du dialogue permanent que constituent les réflexions et les rêveries de Suzanne, la tante et la grand-mère représentent une seule et même voix, la voix du fauteuil, celle qui ne cesse de rappeler l'interdit social pesant sur la personne de Triphon [32].

Le grand paysan est donc à la fois la figure de l'Escaut, et l'objet interdit par la famille parce qu'appartenant à une autre classe sociale. Et Suzanne finira par renoncer à lui. Elle y renoncera au moment précis où Triphon cessera pour elle d'incarner l'Escaut. Car l'image de Triphon évolue: d'incertain qu'il était au départ, à la fois réel et mythique, il se réduit, se «dépoétise» au moment de son départ, pour rejoindre finalement la classe à laquelle appartiennent Tante Brique et Monne le brasseur. L'image du dieu dépouille le corps du paysan, l'enchantement s'évanouit, et il ne reste plus alors qu'un «monsieur villageois» (p. 78), sans intérêt pour Suzanne [33]. Il faut ajouter que si, par la suite, Suzanne songe encore à Triphon, ce sera toujours au Triphon du baiser, et chaque fois en association avec l'Escaut [34].

Il reste à présent Max Larix. Suzanne avec lui trouve en quelque sorte une solution intermédiaire: il est une espèce de formation de compromis, puisqu'en même temps qu'il satisfait la voix du fauteuil, il figure l'expression de la rébellion contre cette voix. Le principal obstacle au choix de Triphon, la différence de classe sociale, disparaît avec Larix, et par conséquent il ne peut que convenir à la tante. Mais à côté de cela, il présente toute une série de comportements déviants par rapport aux mœurs de sa classe [35]. Madame Verschueren le définit très justement lorsqu'elle déclare qu'il est «un demi-toqué», précisant qu'il «se promène en toute saison» et toujours «vêtu comme un ouvrier» (p. 60). Le plaisir qu'il prend à la promenade est un élément fort important dans la définition de ce personnage, car c'est ici l'attitude esthétique qui est en cause, et celle-ci est présentée comme contradictoire par rapport aux idéaux de Tante Brique. Celui qui se promène ne peut qu'être toqué [36]. L'amour de la beauté de la contestation des idéaux bourgeois se rejoignent donc dans le goût pour la promenade. Une solidarité analogue se manifeste à propos de la musique. Ainsi, lorsque Max Larix déclare à sa mère qu'«une bonne femme de ménage ne suffirait pas à faire (s)on bonheur», la vieille dame attribue la paternité de cette idée peu conformiste aux «amis de conservatoire» de son fils (p. 107) [37]. On trouve dans la musique, aussi bien que dans la promenade, ou l'amour de l'Escaut, à la fois la participation active du corps et le dépassement des valeurs utilitaires. Musique-promenade-Escaut se situent tous trois du côté de la dépense.

Les démêlés entre Suzanne et la famille autour de la question du choix d'un mari, le roman, en fait, les raconte deux fois, car à l'intérieur du récit des amours de Suzanne, un épisode reprend en les schématisant toutes les composantes de la crise qui fournit l'axe principal du roman. C'est l'épisode de Marieke Verschueren, dont le développement couvre six chapitres [38].

Refusant comme Suzanne le parti que lui propose la famille, Marieke Verschueren se trouve confrontée aux mêmes difficultés que sa cousine. Amand, le promis qui conviendrait à Madame Verschueren, est riche, et indispensable pour la briqueterie des parents de Marieke. Un peu vulgaire, il est une espèce de sosie de Monne le brasseur, dont il est d'ailleurs le meilleur ami. Et face à cet Amand, on trouve le fils de la couturière, Pol Lemmé, «ce grand fort Pol» (p. 88), qui est évidemment une réplique sociale de Triphon. L'aboutissement de la quête de Marieke Verschueren préfigure l'issue des déboires amoureux de Suzanne [39]. Ici, toutefois, les oppositions sont simplifiées, puisqu'il n'y a pas de Max Larix pour Marieke Verschueren, son Pol étant plutôt un double de Triphon, sans la dimension «sauvage». Il n'empêche: le dénouement de l'histoire de Suzanne sera bien une reproduction de l'épisode Marieke Verschueren. Une reproduction déplacée. Et le texte indique avec précision les voies qu'emprunte ce déplacement.

La première répétition a lieu la nuit qui suit la conversation entre l'héroïne et sa cousine: Suzanne ne parvient pas à s'endormir, elle est tracassée par un «rêve éveillé», un rêve qui est en réalité une transposition du récit que lui a fait sa cousine; simplement, elle y prend la place de Marieke Verschueren, et Triphon celle de Pol. Or, au cours de ce rêve, faisant des variations sur l'histoire de sa cousine, Suzanne imagine ceci: elle patine sur l'Escaut, avec Triphon, Pol et Marieke, puis on va boire des cerises à l'eau-de-vie, et Triphon se déclare: «Et s'il n'ose pas... je dirai: »N'avez-vous rien à me dire avant de partir pour l'Ecosse?» (p. 95); et puis le baiser. On retrouvera cette scène telle quelle à la fin du roman, dans la deuxième transposition, laquelle sera caractérisée par un déplacement supplémentaire, puisque cette fois, Max Larix aura pris la place de Triphon: «... comme dans son rêve: «Vous n'avez rien à me dire, Triphon, avant de retourner en Angleterre?» Seulement... c'était avec Larix.» (p. 145) [40].

On voit par là que, de même que Triphon représentait la figure de l'Escaut, de même une série de glissements conduisent de Triphon à Max Larix; et dès lors, Max Larix constitue lui aussi un objet qui pour Suzanne signifie la transgression [41]. Il n'est pas que cela cependant, puisqu'en même temps, le choisir permet à la jeune fille de satisfaire, malgré tout, sa tante [42]. Quoi qu'il en soit, Max Larix reste un objet incertain, double, inachevé, et Suzanne s'inquiète avant tout qu'il demeure tel. Cette inquiétude qui a déjà été exprimée précédemment à propos de Triphon [43] et d'elle-même [44], la comtesse des digues la manifestera une fois de plus lors de sa prière finale:

Je vous salue, Marie, Notre Dame. Faites que je continue à aimer les choses d'ici. (...) Que je continue à préférer l'Escaut au cinéma, et les promenades sur la digue à l'auto. Faites que Max garde l'amour de l'eau et de la musique. Afin qu'en vieillissant je ne devienne pas tout à fait semblable à grand-mère, ni Max à Verbeeck.

C'est une hantise analogue, «Orpha! Deviendrez pareille à Cornélie?», qu'on retrouvera deux ans plus tard au terme d'un roman, *Madame Orpha* mettant en scène une transgression semblable à celle de *La Comtesse des digues*, mais qui sera dédié, lui, au jardin, et non plus à l'Escaut.

(1) Michel BUTOR, «Lectures de l'enfance», in: *Répertoire III*, pp. 259-262.

(2) Marie GEVERS, «Comment naît une vocation littéraire», p. 47.

(3) «C'était autrefois la mode dans nos villages», rappelle à ce propos Max Larix (p. 63).

(4) «Ah! tout ce que je dois au jardin et à la petite ferme du jardin! Je me souviens d'un vers de Paul Fort: «Ce que je dois à Moréas ne peut être dit en paroles. Moi, je remplace *Moréas* par *jardin*.», «Comment...», p. 41.

(5) Marie Gevers, «Comment...», p. 45.

(6) Dans l'*Histoire illustrée des Lettres françaises de Belgique*, sous la direction de Gustave CHARLIER et Joseph HANSE, p. 589.

(7) Marie Gevers, *Madame Orpha*, Bruxelles, Editions Jacques Antoine, Bruxelles, 1981, p. 43.

(8) Cette efficacité poétique du bilinguisme est constamment mise à profit dans *Madame Orpha*, texte qui fournit, entre autres, le récit de la découverte, par la narratrice et par la petite fille, des possibilités poétiques de la métaphore et du calembour.

Le fonctionnement du calembour est minutieusement examiné et commenté au début du chapitre V du livre. Rappelons ce passage:

«Quand maman dit: *Het leven is maar een bul* (la vie est une fumisterie) — le vrai mot est *bulk*, mais elle patoisait — je traduisais bien correctement: «la vie n'est qu'une ...», mais le mot suivant m'échappait, je le prenais dans le sens français: «la vie est une bulle». Le symbole de la vie m'est resté, pour longtemps, la bulle de savon irisée, merveilleuse, passagère, qui périt soudain; il faut se hâter de l'admirer et de jouir de ses belles couleurs.

Et comme c'est exact, pensais-je, cette comparaison de maman!...» (p. 44).

On voit qu'à l'origine du calembour, il y a chaque fois une erreur, une méprise, et que cette méprise est imputable chaque fois au fait que la petite fille n'a pas la maîtrise des deux langues qui la constituent. Mais cela dit, nul ne songe à s'en plaindre, de ce ratage. Bien au contraire: la petite fille comme la narratrice sont enchantées du résultat. C'est que le malentendu produit du sens, produit de la métaphore, et on voit bien que les deux termes: non seulement «la vie», mais «la bulle» aussi, acquièrent chacun, une fois déclenchée l'opération, une série de sèmes nouveaux. Les traits, une fois l'erreur commise, se mettent en mouvement. Le même phénomène se manifestera à plusieurs reprises au cours du roman: l'instabilité due au bilinguisme produit du calembour, et le calembour crée le «rêve», ce mot désignant l'ensemble des pratiques de la lettre: jeu de mots, souvenir, écriture, métaphore; pratiques qui toutes se fondent sur un ratage créateur, et toutes ont même pouvoir de faire surgir l'ailleurs, ou l'autrefois, dans le présent.

La pratique du jeu de mots générateur n'est pas rare dans l'œuvre de Marie Gevers. Et même, s'il faut en croire la Dame de Missembourg, il peut arriver que l'on trouve, au départ d'une passion, d'une vraie grande passion, le plus alambiqué des calembours. C'est ainsi que, dans «Comment naît une vocation littéraire», Marie Gevers n'hésite pas à attribuer son «amitié» pour l'architecture gothique au hasard d'une homonymie, précisant que cette amitié, elle aussi, à «comme point de départ un terme mal compris: il s'agit de la ville de Gand, nommée dans un poème romantique flamand *bourgeon de noble sang*. Mais le mot bourgeon — spruit — signifiait aussi dans le flamand que je parlais, chou de Bruxelles. L'énigme de cette ville nommée chou de Bruxelles resta pour moi mystérieuse jusqu'au jour où j'observai la cuisinière fendant longitudinalement l'un de ces légumes. Je remarquai alors la forme des feuilles non développées, disposées en minuscules ogives, et d'un vert doré: ainsi avais-je vu, par un jour de grand soleil, la cathédrale d'Anvers. Alors ce Gand que je n'avais pas visité, était aussi cela?» (p. 45).

(9) «Comme la description, le récit itératif est, dans le roman traditionnel, *au service* du récit «proprement dit», qui est le récit singulatif.» (Gérard Genette, *Figures III*, p. 148).

(10) Cf. cette métaphore significative: «C'est comme pour les morceaux de piano. Il me suffit aujourd'hui d'en jouer les deux premières notes pour que mes doigts retrouvent le tout...» (*Madame Orpha*, p. 21.)

(11) «Ainsi fit Adam, ainsi fit Adam, Ainsi font les fils d'Adam.» (*Madame Orpha*, p. 187.)

(12) Autres textes empruntant la forme de l'almanach: l'*Almanach perpétuel des jeux d'enfants* (Anvers, Ed. J.E. Buschmann, 1930), *L'Herbier légendaire* (Paris, Stock, 1949) et l'*Almanach perpétuel des fruits offerts aux signes du Zodiaque* (Anvers, Editions des Arts, 1965).

(13) On notera par ailleurs que, comme *Madame Orpha, Plaisir des météores* s'inscrit dans une lignée de textes, puisqu'à bien y réfléchir, *Le livre des douze mois* n'est lui-même qu'une espèce d'appendice, devenu autonome, du *Mémorial du Naturaliste*, le livre en marge duquel le père de Marie Gevers consignait toutes les observations de la nature. *Plaisir des météores*, qui s'inspire parfois directement du *Mémorial du naturaliste*, est lui aussi un mémorial, et même dans les deux sens du terme, puisqu'il est à la fois aide-mémoire et monument.

(14) Par exemple: «De la mort du séneçon à sa naissance, il n'y a pas loin; pas plus que de la mort d'un vieillard à la naissance d'un enfant. Mort et naissance ne sont séparées que par la glace de la tombe et la neige de l'oubli.» (p. 151).

(15) Il faut remarquer encore que c'est le même schéma qui gouverne le souvenir actif tel que le pratique la narratrice de *Madame Orpha*: se souvenir, — écrire —, c'est rejouer une fois encore la victoire du printemps sur la mauvaise saison: «De même que j'évoquais dans le pluvieux automne la naissance printanière de Vénus, je puis retrouver aujourd'hui dans la brume aromatisée de ces années-là, l'histoire des amours d'Orpha et Louis.» (p. 19).

(16) Ou, comme dit Marc Quaghebeur: «le rythme vital finit toujours par absorber la plaie et par reconstituer la vie.» (*Alphabet*..., p. 142).

(17) La mise en marche de cette double intrigue prend la forme d'une double question posée dès le premier chapitre, au cours du dialogue entre le passeur et sa femme: «Les messieurs des digues consentiront-ils à nommer une femme? Une comtesse des digues! cela n'est jamais arrivé!» (p. 15) «Et pourquoi ne se marie-t-elle pas? Monne le brasseur voudrait bien...» (p. 16). Et le dialogue se conclut ainsi: «cela peut durer un an, jusqu'à la prochaine assemblée...» (p. 16).

([18]) Conclusion quasi simultanée, puisque la déclaration d'amour réciproque fait suite directement à l'élection de Suzanne au titre de comtesse des digues (cf. les chapitres «La comtesse des digues» et «A deux»).

([19]) Poétique au sens où l'entend Jakobson, dans la mesure où il s'agit bien ici de «projection de l'axe paradigmatique sur l'axe syntagmatique».

([20]) Sur cette mise en abyme, voir plus loin p. 183-184.

([21]) Cette première fois, à vrai dire, n'en était pas une, puisqu'il s'agissait déjà d'un retour sur les lieux où Suzanne était venue avec sa cousine.

([22]) Autres occurrences du verbe «jouir» utilisé pour désigner le rapport à la nature, pp. 61, 114, 124, 126, 150, 160.

([23]) Ce pays auquel est mêlée l'image de son père: «... j'ai compris maintenant que mon père et le pays, je les aimais l'un par l'autre, et je crois que je ne pourrai plus partir ...» (p. 67).

([24]) Monne pense surtout à «s'amuser» (pp. 49 et 59), alors que, comme on sait, le terme utilisé pour désigner la relation de Suzanne aux éléments naturels est «jouir».

([25]) Cf. p. 45: «Devant la porte cintrée, moins haute que lui, Triphon, *vêtu de velours fauve comme l'osier*, sa large face rasée, les cheveux plus clairs que le teint hâlé, regardait la jeune fille.»

([26]) p. 76: «L'image de Triphon l'obsédait; elle se l'imaginait sans cesse à ses côtés: ses souliers d'ouvrier, ses houseaux boueux sur lesquels bouffait *le pantalon de velours brun, sa veste dont le velours roussissait aux épaules comme la terre aux renflements des sillons*, la chemise de flanelle à rayures grises que fermait un bouton de cuivre et la casquette déteinte sur la tête blonde, et les dures mains aux ongles usés. *Oui, fort et puissant comme le sol même des bords de l'Escaut.*»

([27]) Cf. les premiers mots du livre: «Dans nos plaines l'Escaut est roi.»

([28]) Dans un chapitre («Les conseils de Madame Verschueren»), où on s'aperçoit qu'elle tient exactement le même langage que le brasseur. Comparer à ce sujet les conseils de la Tante Brique à Suzanne (p. 57) et la conversation avec Monne (p. 48).

([29]) «Elle entendit dans sa mémoire la voix impitoyable de Tante Brique: 'Est-ce qu'il mange à la cuisine, Suzanne?' 'Rentrons, dit-elle brusquement, j'ai encore à écrire.'» (p. 45).

([30]) Ainsi pp. 28 et 57.

([31]) «Vous, tante, vous parlez comme grand-mère.», lancera un jour Suzanne à Madame Verschueren assise dans le fauteuil de l'ancêtre (p. 93).

([32]) La grand-mère Briat a encore une autre doublure: Jo, la vieille servante, toute pleine elle aussi de paroles raisonnables, Jo, «écho lointain de la grand-mère» (p. 48), qui ne cesse de rappeler Suzanne à l'ordre de la famille.

([33]) «Etait-ce là ce Triphon hier encore si attrayant? Celui qui venait à elle, dépoétisé, ressemblait à Monne et aux cousins briquetiers, vêtu d'un complet gris, chaussé de souliers de cuir brun clair, tenant un feutre à la main...» (p. 78).

([34]) C'est le cas dans le chapitre intitulé «Clair de lune».

([35]) Le caractère double de Max Larix se perçoit dès la première description qui est donnée de lui (p. 31). Ainsi, son vêtement dispose un certain nombre d'éléments connotant la bourgeoisie, certes, mais systématiquement ces emblèmes sont pervertis, désavoués, éclaboussés: Larix porte un feutre, mais il est déformé; un veston, mais il est distendu. Sa fine camisole est déboutonnée, et si sa chemise est blanche, et de belle qualité, il ne porte ni cravate, ni col, ni bouton.

([36]) C'est ce qu'expriment notamment les nombreuses allusions ironiques de Verbeeck, un autre membre de la classe Tante Brique.

([37]) La musique, par ailleurs, renforce le plaisir pris à la contemplation du paysage. Le lied de Grieg que Larix chante à Suzanne l'aidera, lui explique-t-il, à «jouir davantage» du pays (p. 67).

([38]) Du chapitre «Marieke Verschueren» (p. 83) au chapitre «Pol et Marieke» (p. 99).

([39]) Rappelons que le titre d'un des chapitres consacrés à l'épisode de Marieke Verschueren, «L'eau qui ne gèle jamais», est repris à la fin du roman à propos de Suzanne.

([40]) Ce procédé consistant à attribuer à un personnage l'intelligence d'une métaphore qui est au principe de la construction du roman, ou d'une partie du roman, on le retrouve fréquemment dans l'œuvre de Marie Gevers.

([41]) Il faut cependant préciser qu'avec Max Larix, la transgression est beaucoup plus atténuée qu'avec Triphon. On peut même dire que c'est parce qu'elle recule devant ce que pourrait avoir de dangereux le choix de Triphon, que Suzanne se résigne à choisir Max Larix: Suzanne n'est pas Madame Orpha.

([42]) Si bien que Max Larix est, en définitive, celui que l'on peut «aimer comme Triphon», mais «avec (un) sentiment de sécurité en plus.» (p. 145).

([43]) «Et s'il ressemblait à Amand ou à Monne, et si ce n'était plus mon cher Triphon des oseraies?» (p. 95).

([44]) «Allait-elle donc vieillir au village, semblable à sa grand-mère, aimant comme elle l'argent?» (p. 45).

CONTEXTES

1. On sait l'importance qu'a eue pour Marie Gevers la lecture des *Aventures de Télémaque* de Fénelon. En voici la première page: Calypso, abandonnée par Ulysse, est inconsolable; elle tâchera de retrouver le grand homme à travers son fils Télémaque, que les flots ont conduit jusqu'à son île.

«Calypso ne pouvait se consoler du départ d'Ulysse. Dans sa douleur, elle se trouvait malheureuse d'être immortelle. Sa grotte ne résonnait plus de son chant; les nymphes qui la servaient n'osaient lui parler. Elle se promenait souvent seule sur les gazons fleuris dont un printemps éternel bordait son île: mais ces beaux lieux, loin de modérer sa douleur, ne faisaient que lui rappeler le triste souvenir d'Ulysse, qu'elle y avait vu tant de fois auprès d'elle. Souvent elle demeurait immobile sur le rivage de la mer, qu'elle arrosait de ses larmes, et elle était sans cesse tournée vers le côté où le vaisseau d'Ulysse, fendant les ondes, avait disparu à ses yeux.

Tout à coup, elle aperçut, les débris d'un navire qui venait de faire naufrage, des bancs de rameurs mis en pièces, des rames écartées çà et là sur le sable, un gouvernail, un mât, des cordages flottant sur la côte; puis elle découvre de loin deux hommes, dont l'un paraissait âgé; l'autre, quoique jeune, ressemblait à Ulysse. Il avait sa douceur et sa fierté, avec sa taille et sa démarche majestueuse. La déesse comprit que c'était Télémaque, fils de ce héros. (...)

Calypso se réjouissait d'un naufrage qui mettait dans son île le fils d'Ulysse, si semblable à son père.»

2. Extrait du chapitre VIII de *Madame Orpha*. Où l'on voit à l'œuvre une nouvelle fois le procédé de création poétique, que l'on pourrait appeler «la délicieuse erreur», fondé sur les failles du bilinguisme.

Que je cherche, maintenant, sur le clavier de mon enfance, un chant d'automne... je suis sûre que j'y entendrai résonner bientôt la voix de Louis, et l'ombre de Mme Orpha y passera.

Parmi les mots flamands dont une traduction française erronée favorisait mes rêves, se trouvait le mot employé en patois pour «automne». Le vrai mot flamand est «Herfst». Mais les paysans ne le disent guère. Il semble prétentieux, comme par exemple en français «Vesprée» pour «soir», l'automne s'appelle «Boomis». Je n'ignore plus aujourd'hui, que cela signifie «Bavomis», c'est-à-dire «Messe, ou Kermesse de Saint-Bavon». Le patron de Gand est fêté le 1er octobre.

Dans mon enfance, j'interprétais ce mot d'une manière bien plus poétique: je traduisais: «Boommis: Messe des arbres» parce que boom veut dire «arbre».

Cet automne flamand m'était la *messe des arbres*. Cérémonie mystérieuse et magnifique où, venus dans leurs plus somptueux manteaux, ils le jetaient comme une offrande aux pieds nus de l'hiver. Le sens mystique qui me manquait à l'église, je le retrouvais pour donner une signification à chaque geste de l'automne.

Après les feux des fanes de pommes de terre, une vague odeur d'encens, flottant dans l'air, annonçait que le sacrifice commençait. Tous y assistaient endimanchés. Les marronniers d'Inde, les premiers. Le nôtre ressemblait, important, gras et rond, au marguillier Smits. La foule robuste et paysanne des érables; la grâce enfantine et remuante des jeunes peupliers du Canada, alignés comme sur des bancs, au bord des fossés; les hêtres splendides, hâlés comme les gars des fermes; les poiriers en deuil. C'est le seul arbre qui noircisse en octobre. Il pleure ses fruits. A la première gelée, les aunes semblent s'agenouiller et sacrifient leurs grosses feuilles lourdes, une à une, comme des sous péniblement amassés.

Sous l'ogive des branches entrecroisées, le soir, les orgues du vent chantent, et chaque matin, le chuchotement du râteau court comme une prière dans les chemins.

(*Madame Orpha*,
Bruxelles, Editions Jacques Antoine, 1981, p. 55-56.)

3. Parmi les textes de Marie Gevers écrits sous forme d'almanach, on compte notamment *L'herbier légendaire*, ensemble de cinquante «contes floraux» inspirés des

récits rassemblés par les folkloristes concernant, soit les propriétés des plantes, soit leur origine merveilleuse. Première fleur de cet herbier, le texte qu'on va lire atteste combien est vivace chez Marie Gevers la pensée de l'éternel retour. Par ailleurs, on ne peut s'empêcher d'évoquer, en le lisant, les dernières lignes de *Madame Orpha*: «Ainsi parlait Eve. Ainsi parlait Eve. Ainsi parlent les filles d'Eve».

La première fleur de l'année est dédiée à la première femme. La perce-neige appartient à Eve.

On imagine bien le chagrin d'Eve, chassée du bel Eden. Elle, qui en avait nommé toutes les fleurs et tous les arbres selon que ses lèvres transformaient l'air lumineux en sons légers!

Maintenant, de la pluie et de la boue. Un petit enfant était né, et l'on s'abritait dans une grotte humide. L'hiver venu, Adam chassait comme un loup, pour nourrir sa femme et son petit. Il dépeçait ses proies, et façonnait des vêtements afin de ne pas mourir de froid.

Tant qu'il y eut de la neige, la blancheur parlait encore à Eve de pureté, de clarté, et la consolait un peu. Mais l'hiver existait depuis bien peu de temps, et il n'avait pas encore l'habitude de faire éclore de la neige, de semer des fleurs de glace, et d'épanouir du givre. La clarté innocente dura peu, le règne confus de la boue et de la pluie froide revint. Ah! comme elle s'en donnait, la pluie, si longtemps soumise aux rosées de l'Eden!

Eve, blottie dans la grotte, son enfant endormi dans les bras, regardait tomber les gouttes, fuir les nuages, s'épaissir la boue. Les mois servaient pour la première fois. Ils étaient gauches et maladroits, faisant mal leur besogne, incertains de leurs devoirs et de leurs pouvoirs. Eve ignorait leurs noms, et ne savait comment s'adresser aux jours qui venaient tour à tour se poser devant la grotte, aussi tristes que des oiseaux mouillés.

Cependant, la jeune femme se rendait compte que, depuis quelque temps, le soleil se levait plus tôt et se couchait moins vite; elle crut même deviner, dans l'air, une vague odeur de terre. Puis, elle soupira et se dit que c'était là une illusion, un souvenir de l'Eden. Ah! plus jamais, jamais, elle ne verrait le doux prodige de l'herbe, des fleurs, des oiseaux... Plus jamais, jamais, les arbres ne se couvriraient de feuillages et de fruits! Nu! tout était nu et transi, comme elle-même avant qu'Adam ne l'eût vêtue de chaudes fourrures. Et Eve sanglotait devant la persistance noire du vent et de la pluie.

Un matin, un ange eut pitié de la jeune femme, et obtint l'autorisation de descendre sur terre pour la consoler. Ce n'était ni l'ange du châtiment, qui barrait l'entrée du Paradis, une épée flamboyante à la main, ni l'ange de justice, froid, et les yeux bandés, mais bien un pauvre ange de bonté, tout frileux lui-même d'avoir quitté le Paradis, tout frissonnant de fouler de ses pieds blancs la boue mêlée à la neige fondue.

Les arbres, l'herbe, les plantes, tout était plein de bonne volonté, prêt à fleurir de douceur au moindre baiser de l'air, mais il fallait un signe, une permission.

L'ange atterrit devant la grotte où Eve pleurait:

«Eve! Eve!...»

La jeune femme vit l'ange et son premier mouvement fut de fuir, car elle se souvenait toujours de l'ange terrible, et elle s'imaginait que celui-ci aussi venait la chasser du pauvre abri où elle était blottie.

«Pitié, s'écria-t-elle, pitié! ne me punis pas, je n'ai plus désobéi! Laisse-moi avec mon enfant dans notre grotte, où nous nous garantissons du froid... Adam ne nous retrouverait plus, ce soir, en rentrant de la chasse; nous serions perdus. Pitié, à cause de mon petit!

— Mais, dit l'ange interdit, mais, ma pauvre Eve, je ne viens pas pour te punir, je viens, au contraire, pour...

— Oh! interrompit vivement Eve, retournerons-nous au Paradis? L'ange sourit:

— Non..., dit-il..., non... pas absolument..., mais chaque année, et pendant de nombreux jours, tout redeviendra aussi beau qu'autrefois.»

Eve, déjà toute consolée, le regardait de ses yeux couleur des nuées quand le soleil va percer.

«Eve, poursuivait l'ange, dès à présent, le soleil va reprendre force et courage, il t'apportera chaque jour une fleur ou une plante. Bientôt, le temps sera si doux, qu'il n'était pas plus doux, même au Paradis. Seulement, à peine en auras-tu joui que déjà le soleil te fuira, s'en allant peu à peu vers de nouvelles pluies, de nouvelles neiges... mais pour revenir, et revenir toujours, chaque année, t'apporter des moments d'Eden.»

Quand l'ange s'envola, Eve ne le suivit même pas des yeux, car, à la place où il avait posé les pieds, et parmi les flaques de neiges mal fondues, des fleurettes fraîches et blanches se balançaient au vent.

Eve les nomma aussitôt perce-neige, et elle les préféra à toutes les belles fleurs du paradis perdu.

Dès lors, elle recommença à parler aux choses. Les jours, les mois, les saisons travaillèrent mieux, lorsqu'ils eurent un nom, et ils débrouillaient plus vite leur besogne.

Le mois des perce-neige s'appela Février.

(*L'Herbier Légendaire*,
Paris, Stock, 1949, pp. 13 à 16.)

4. Extrait du *Voyage sur l'Escaut*. Cinq amis, un peintre (Verbeeck), un poète, un musicien, un brasseur et un curé, s'entretiennent d'un projet de livre qui serait consacré à l'Escaut:

«Un fleuve magnifique, dit (le curé), fleuve vient du latin fluere, couler; et magnifique vient de magnus, grand. Une chose grande et coulante. Scaldis, l'Escaut, naît où l'on parle le français, et devient adulte en pays flamand: *machtige Stroom*... fleuve puissant...

Le musicien, encore très jeune, enseignait le solfège au collège de Tamise, tenait l'orgue à l'église, et s'essayait à composer. Il avait des yeux bleu-myosotis. Une cravate lavallière témoignait de ses aspirations lyriques. Il posait toujours des objections:

— Encore un livre, dit-il... Pourquoi un éditeur ne mettrait-il pas en concours une pièce symphonique sur l'Escaut? Ce serait bien plus intéressant! Benoît a composé une cantate, mais sur des paroles idiotes, et le sujet est loin d'être épuisé! Voyez la Moldau de Smétana, et Wagner a construit tout un opéra pour le Rhin... souvenez-vous du Beau Danube Bleu? Rien ne se prête mieux à la musique qu'un fleuve! Et le chant des bateliers de la Volga donc, et celui du Missisipi?

Le curé Charles ayant encore agité ses pensées dans sa cervelle les jeta à ses convives:

— Les fleuves ont toujours été personnifiés, dit-il, nymphes fuyantes ou dieux agrestes dans l'antiquité païenne de la Grèce. En tout lieu ou révérait les grands fleuves comme le Nil! Aujourd'hui encore, le Gange est sacré pour les Hindous.

— Il en est resté l'habitude de donner des figures symboliques aux fleuves, dit pensivement Verbeeck: Voyez le bas-relief du sculpteur Bourdelle: la Saône et le Rhône... et l'on identifie immédiatement l'un et autre: le fleuve, nageur impétueux, la rivière, glissante naïade.

— Sans aller aussi loin, dit le brasseur en riant, voici les figures des deux fleuves de notre pays:

Il ouvrit son portefeuille et en tira un billet de cent francs:

— Scaldis, Mosa... Une femme d'âge moyen appuyée sur une urne renversée et un homme vieux, mais vigoureux, aux pieds duquel joue un enfant qui tient un poisson.

— Je préfère, dit Verbeeck, le père Escaut traditionnel, qui ressemble au dieu Neptune, avec une barbe fluviale, un trident et une corne d'abondance.

— Excellent attribut, remarqua le curé, c'est au père Escaut que notre pays doit sa richesse...

Le Voyage sur l'Escaut,
Casterman, Tournai-Paris, 1947, pp. 8 à 10.

5. Marie Gevers a donné, en 1966, une anthologie des poèmes de Verhaeren centrée sur le thème de l'eau: *Il fait dimanche sur la mer*. On y trouve notamment un poème intitulé «L'Escaut», tiré de *Toute la Flandre*. En voici un court extrait.

T'ai-je adoré durant ma prime enfance!
Surtout alors qu'on me faisait défense
De manièr
Voile ou rames de marinier,
Et de rôder, parmi tes barques mal gardées.
Les plus belles idées
Qui réchauffent mon front,
Tu me les as données:

Ce qu'est l'espace immense et l'horizon profond,
Ce qu'est le temps et ses heures bien mesurées,
Au va-et-vient de tes marées,
Je l'ai appris par ta grandeur.
Mes yeux ont pu cueillir les fleurs trémières
Des plus rouges lumières,
Dans les plaines de ta splendeur.
Tes brouillards roux et farouches furent les tentes
Où s'abrita la douleur haletante
Dont j'ai longtemps, pour ma gloire, souffert;
Tes flots ont ameuté de leurs rythmes, mes vers;
Tu m'as pétri le corps, tu m'as exalté l'âme;
Tes tempêtes, tes vents, tes courants forts, tes flammes
Ont traversé comme un crible, ma chair;
Tu m'as trempé, tel un acier qu'on forge,
Mon être est tien, et quand ma voix
Te nomme, un brusque et violent émoi
M'angoisse et me serre la gorge.

Escaut,
Sauvage et bel Escaut,
Tout l'incendie
De ma jeunesse endurante et brandie,
Tu l'as épanoui;
Aussi,
Le jour que m'abattra le sort,
C'est dans ton sol, c'est sur tes bords,
Qu'on cachera mon corps,
Pour te sentir, même à travers la mort, encor!

Il fait dimanche sur la mer,
Ed. Jacques Antoine, Bruxelles, 1981.

ELEMENTS BIOGRAPHIQUES

1883: Naissance de Marie Gevers, le 30 décembre, au domaine de Missembourg, situé à Edegem, près D'Anvers. Plusieurs livres seront consacrés ou feront allusion à ce domaine, notamment *Guldentop, Vie et mort d'un étang, Madame Orpha ou la sérénade de mai*.

1889-1895: «Ecole primaire» à Missembourg, c'est-à-dire: des langues (anglais, allemand, néerlandais, flamand, français), un peu de calcul, beaucoup de jardin, beaucoup de lectures: Jules Verne, La Comtesse de Ségur, La Fontaine (lu «avec passion et ténacité»), les Fliegende Blätter, Télémaque, ...

1895-1900: Lectures: Taine et Michelet; Hugo, Dickens; *Jocelyn, Alice in Wonderland*; tout le théâtre de Corneille; Conscience, Maeterlinck (*Serres Chaudes*); Rousseau et Saint-Augustin; Walter Scott; Homère; ...
Rencontre avec Verhaeren, qui l'aidera beaucoup, notamment en faisant publier ses premiers textes dans diverses revues, et l'accueillera chez lui, à Saint-Cloud.

1907: Mort du père de Marie Gevers, Florent Gevers.

1908: Mariage de Marie Gevers: elle épouse Frans Willems. Le couple s'établit à Missembourg.

1912: Naissance de Paul Willems.

1917: Premier livre publié: *Missembourg*, couverture ornée d'un bois de Max Elskamp.

1931: Publication de *La Comtesse des Digues*, premier roman de Marie Gevers, avec une préface de Charles Vildrac.

1931-1943: Période très féconde au point de vue littéraire, avec la publication de nombreux textes importants: *Madame Orpha ou la sérénade de mai* (1933), *Guldentop* (1935), *Le voyage de Frère Jean* (1935), *La ligne de vie* (1937), *Plaisir des météores ou le livre des douze mois* (1938), *Paix sur les champs* (1941), *La grande marée* (1943).

1937: Election à l'Académie royale de langue et de littérature françaises.

1943: Mort de Jan Willems, fils aîné de Marie Gevers, dans un bombardement. Cette période est évoquée dans *Vie et mort d'un étang*.

1945: Mort de Frans Willems, son mari.
1950: *Vie et mort d'un étang,* récit autobiographique.
1955: Réédition chez Vromant de *La Comtesse des digues*, coïncidant avec le centenaire de la naissance de Verhaeren, avec une préface inédite de Marie Gevers.
1975: Mort de Marie Gevers, le 9 mars.

CHOIX BIBLIOGRAPHIQUE

1. TEXTES DE MARIE GEVERS

Articles

"Le régionalisme littéraire", dans *Le Soir,* 26 juillet 1935, p. 5.

"Comment naît une vocation littéraire", Communication faite à la séance mensuelle de l'Académie du 14 mars 1959, dans *Bulletin de l'Académie Royale de Langue et Littérature françaises*, t. 37, n°1, Bruxelles, Palais des Académies, 1959, pp. 37-47.

"Éloge des illettrés", dans *Bulletin de l'Académie Royale de Langue et Littérature françaises*, t. 41, Bruxelles, Palais des Académies, 1963, pp. 213 à 218.

Ouvrages

La Comtesse des digues. Paris, Attinger, 1931 ; rééd. Bruxelles, Labor, 1983, coll. "Espace Nord" n°6 ; Arles-Bruxelles, Actes sud-Labor, 1989, coll. "Babel" n°4.

Madame Orpha ou la sérénade de mai. Paris, Attinger, 1933 ; rééd. Bruxelles, Jacques Antoine, 1981, coll. "Passé Présent" n°32 ; Bruxelles, Labor, 1992, coll. "Espace Nord" n°74.

Guldentop. Histoire d'un fantôme. Bruxelles, Durendal, 1935 ; rééd. Bruxelles, Libris, 1942 (édition augmentée) ; Bruxelles, Labor, 1985, coll. "Espace Nord" n°24.

La Grande Marée, nouvelle. Liège, Desoer, 1936.

La Ligne de vie. Paris, Plon, 1937 ; rééd. Bruxelles, Jacques Antoine, 1981, coll. "Passé Présent" n°39.

Plaisir des météores ou le livre des douze mois. Paris, Stock, 1938 ; rééd. Bruxelles, Jacques Antoine, 1981, coll. "Passé Présent" n°8.

Paix sur les champs. Paris, Plon, 1941 ; rééd. Bruxelles, Jacques Antoine, 1981, coll. "Passé Présent" n°2.

Château de l'Ouest. Paris, Plon, 1943.

La Grande Marée, roman. Bruxelles, Ed. de la Mappemonde, 1943 ; rééd. Bruxelles, Labor, 1996, coll. "Espace Nord" n°109.

Le Voyage sur l'Escaut, Tournai-Paris, Casterman, 1947.

L'Herbier légendaire. Paris, Stock, 1949.

Vie et mort d'un étang (1950) Bruxelles, Brépols (édition complétée), 1961 ; rééd. Bruxelles, Jacques Antoine, 1981, coll. "Passé Présent" n°15.

Paravérités. Bruxelles, Sodi, 1968.

Correspondance 1917-1974. Lettres choisies et annotées par Cynthia Skenazi. Bruxelles, Labor, 1986, coll. "Archives du futur".

2. À CONSULTER

Travaux spécifiques

Dr HERMANS, "Bibliographie de Marie Gevers", extrait de la revue *Le Livre et l'Estampe*, n°43, 1965.

A. JANS, *Marie Gevers,* Bruxelles, Pierre De Meyère, coll. "Portraits", n°4, 1964.

I. PICALAUSE, *Structures et notions temporelles chez Marie Gevers,* mémoire de licence, Louvain-la-Neuve, UCL, juin 1983.

Christian BERG et A. VERSTREPEN, "La langue dans la langue. Une relecture de *La Comtesse des digues*", dans *Textyles,* (Bruxelles), n°3 (*Lectures de Marie Gevers*), mai 1986, pp. 20-24 (rééd. 1996).

Regina ESSER, "Distanzen bei der Lektüre fremdsprachlicher Texte am Beispiel der belgischen Literatur", dans L. BREDELLA & H. CHRIST (Hrsg.), *Didaktik des Fremdverstehens*. Tübingen, Gunter Narr Verlag, 1995, pp. 131-143.

Pierre HALEN, "Aux environs de l'écriture : les langues. À propos de M. Gevers et de *Madame Orpha*", dans J. RIESZ et A. RICARD (éd.), *Problématiques de la littérature dans les situations de contacts de langue*. Paris, L'Harmattan, 1996.

Pierre HALEN, "Traces d'un discours antérieur dans *Blessures* de Paul Willems", dans *Textyles*, (Bruxelles), n°3 (*Lectures de Marie Gevers*), mai 1986, pp. 54-59 (rééd. à par. 1996).

Pierre HALEN, "Lecture", dans Marie GEVERS, *La Grande Marée*. Bruxelles, Labor, 1996, coll. "Espace Nord" n°109, pp. 281-303.

Adrien JANS, *Marie Gevers*. Bruxelles, Pierre De Meyère, 1964, coll. "Portraits" n°4.

Véronique JAGO-ANTOINE, "Lecture", dans Marie GEVERS, *Madame Orpha*. Bruxelles, Labor, 1992, pp. 189-213.

Marc QUAGHEBEUR, Jean-Pierre VERHEGGEN et Véronique JAGO-ANTOINE, *Un pays d'irréguliers*. Bruxelles, Labor, 1990.

Cynthia SKENAZI, *Marie Gevers et la nature*. Bruxelles, Palais des Académies, 1983 (avec une bibliographie).

Vincent VANCOPPENOLLE, "*Madame Orpha* ou la naissance de l'art", dans M. OTTEN (dir.), *Écritures de l'imaginaire*. Bruxelles, Labor, 1985, p. 79-92, coll. "Archives du futur".

Ouvrages généraux

G. CHARLIER et J. HANSE (sous la direction de), *Histoire illustrée des Lettres françaises de Belgique*, Bruxelles, La Renaissance du Livre, 1958.

"Moeder Vlaanderen en haar franse kinderen", numéro spécial de *Kreatief*, 16e année, n°4, octobre 1982.

Alphabet des lettres belges de langue française. Bruxelles, Promotion des lettres belges de langue française, 1982.

"Lectures de Marie Gevers", numéro spécial de *Textyles*. Bruxelles, première série, n°4, juin 1986.

Fabrice SCHUERMANS "La Communauté émotionnelle des écrivains belges de langue française durant la guerre (1940-1941)", dans *Cahiers Bijdragen* (Bruxelles, CREHSGM), n°17, déc. 1995, pp. 129-164.

TABLE

BABEL

Extrait du catalogue

132. INTERNATIONALE DE L'IMAGINAIRE N° 3
La Dérision, le rire

133. PAUL AUSTER
Le Carnet rouge / L'Art de la faim

134. HUBERT NYSSEN
Les Ruines de Rome

135. PLUTARQUE
Sur les délais de la justice divine

136. RAMÓN GÓMEZ DE LA SERNA
Seins

137. HANAN EL-CHEIKH
Femmes de sable et de myrrhe

138. BAPTISTE-MARREY
Edda H.

139. ANTONIO MUÑOZ MOLINA
Beltenebros

140. JOSHUA SLOCUM
Navigateur en solitaire

141. CARLO COLLODI
Les Aventures de Pinocchio

142. NANCY HUSTON
Cantique des plaines

143. MAURICE CHAPPAZ
Chant de la Grande Dixence / Le Valais au gosier de grive

144. LIEVE JORIS
Mon oncle du Congo

145. FÉDOR DOSTOÏEVSKI
Les Démons, 1re partie

146. FÉDOR DOSTOÏEVSKI
Les Démons, 2e partie

147. FÉDOR DOSTOÏEVSKI
Les Démons, 3e partie

148. EMMANUEL ROÏDIS
La Papesse Jeanne

149. LÉONIE D'AUNET
Voyage d'une femme au Spitzberg

150. MARLEN HAUSHOFER
Nous avons tué Stella

151. JACQUES POULIN
Le Vieux Chagrin

152. JULES RENARD
Journal (1887-1910)

153. JEAN MARTET
Les Cousins de Vaison

154. ROGER BASTIDE
Images du Nordeste mystique en noir et blanc

155. HERMANN HESSE
La Leçon interrompue

156. DENIS DIDEROT
Les Bijoux indiscrets

157. ALEXANDRE PAPADIAMANTIS
Les Petites Filles et la mort

158. VASSILI PESKOV
Ermites dans la taïga

159. JEAN-CLAUDE GRUMBERG
Les Courtes

160. PIERRE MERTENS
Collision

161. FÉDOR DOSTOÏEVSKI
Notes d'hiver sur impressions d'été

162. INTERNATIONALE DE L'IMAGINAIRE N° 4
La Musique et le monde

163. PAUL AUSTER
Mr. Vertigo

164. ABBÉ LHOMOND
De viris / Les Grands Hommes de Rome

165. GUY DE MAUPASSANT
Les Horlas

166. ÉLISÉE RECLUS
Histoire d'un ruisseau

167. MICHEL TREMBLAY
Le Cœur découvert

168. MICHEL TREMBLAY
Le Cœur éclaté

169. BÉATRIX BECK
Grâce

170. RAUDA JAMIS
Frida Kahlo

171. HOMÈRE
L'Iliade

172. HOMÈRE
L'Odyssée

173. RAMÓN CHAO
Un train de glace et de feu

174. ROBERT DOISNEAU
A l'imparfait de l'objectif

175. ALEXANDRE DUMAS
La Chasse au chastre

176. JACQUES GAILLARD
Beau comme l'Antique

177. PASOLINI
Théâtre

178. JEF GEERAERTS
Black Venus

179. MICHEL TREMBLAY
La grosse femme d'à côté est enceinte

180. MICHEL TREMBLAY
Thérèse et Pierrette à l'école des Saints-Anges

181. BRAM STOKER
La Dame au linceul

182. Théâtre des marionnettes

183. EDMOND DE GONCOURT
La Faustin

184. CONRAD DETREZ
Les Plumes du coq

185. NICOLAS VANIER
Transsibérie, le mythe sauvage

186. NINA BERBEROVA
Où il n'est pas question d'amour

187. DANIEL DEFOE
Robinson Crusoé

188. ANTON TCHEKHOV
La Mouette

189. ANTON TCHEKHOV
L'Homme des bois

190. INTERNATIONALE DE L'IMAGINAIRE N° 5
La Scène et la terre

192. ALEXANDER LERNET-HOLENIA
Le Régiment des Deux-Siciles

193. ARISTOPHANE
Les Oiseaux

194. J.-P. FAYE / A.-M. DE VILAINE
La Déraison antisémite et son langage

195. JACQUES POULIN
Les Grandes Marées

196. SIRI HUSTVEDT
Les Yeux bandés

197. ROBERT PENN WARREN
Les Rendez-vous de la clairière

198. JOHN BANVILLE
Le Livre des aveux

199. JOHN MILLINGTON SYNGE
Théâtre

200. ISAAC BABEL
Récits d'Odessa

201. ISAAC BABEL
Chroniques de l'an 18

202. FÉDOR DOSTOÏEVSKI
La Logeuse

203. PACO IGNACIO TAIBO II
Sentant que le champ de bataille…

COÉDITION ACTES SUD – LABOR – LEMÉAC